品味經典

文與情

◆

琦君

著

三民書局

緣　起

　　經典，是經久不衰的典範之作——無畏時光漫長的淘選，始終如新，每每帶給讀者不一樣的閱讀感受。閱讀經典，可以使心靈更富足，了解過往歷史，並加深思考，從中獲取知識與能量；可以追尋自我，反覆探問，發現自己最真實的樣貌。經典之作不是孤高冷絕，它始終最為貼近人心、溫暖動人。

　　隨著時代更替，在歷經諸多塵世紛擾、心境跌宕後，是時候回歸經典，找尋原初的本心了。本局秉持好書共讀、經典再現的理念，精選了牟宗三、吳怡深度哲思探討的著作；薩孟武與傳統經典對話的深刻體悟作品；白萩創造文學新風貌的詩作，以及林海音、琦君溫暖美好的懷舊文章；逯耀東、許倬雲、林富士關注社會、追問過去的研讀。以全新風貌問世，作為品味經典之作的領航，讓讀者重新閱讀這些美好。期望透過對過往文化的檢視，從中追尋歷史的真實，觸及理想的淳善，最終圓融生活的感性完美。

　　這些作品，每一本都是值得珍藏的瑰寶——它們記錄著那個時代臺灣文化發展的軌跡，以及社會變遷的遞嬗；以文字凝結了歲月時光，留住了真淳美好。

　　「品味經典」邀請您一起 品 味 經 典。

童心與文情

——序琦君兩本經典好書

林黛嫚

　　曾有學者討論過文學史上的「留名」現象，所謂「留名」有兩層意義，一層是大家都能理解的「留名青史」之意，另外一層則是不留其文「只留其名」的意思。因為文學作品眾多，許多作家成為只能和創作性質接近的當代名家共同列名的「留名」作家，他所創作的篇章埋沒在浩瀚文字海中，大多不被人閱讀。回想廿世紀才過去廿多年，許多廿世紀的作家卻已經被遺忘，甚至連留名都不可得。

　　但是琦君的作品不只一個世代的人讀過，五年級❶六年級讀〈下雨天，真好〉、七年級八年級讀〈一對金手鐲〉、〈賣牛記〉，九年級讀〈桂花雨〉，課本中選摘的作品之外，如《紅紗燈》、《橘子紅了》、《三更有夢書當枕》等書都是流傳甚廣的名篇，往往一個家庭裡父母與孩子甚至祖孫三

---

❶　指民國五十年到五十九年出生的這一世代。餘此類推。

代都是琦君的讀者。

　　琦君的作品能成為共同世代的閱讀書單，除了她筆端溫柔敦厚、真情流露，讓讀者輕易感受到人間的溫暖，更重要的是她寫出了時代的特質，人性永恆的良善，這種特質在廿一世紀科技發展，人類生活變化劇烈的時代更感彌足珍貴。

　　《賣牛記》、《文與情》兩本書中有許多故事呈現琦君創作的特色，典雅的文字、溫馨的風格，故事淺顯但餘韻深長。

　　〈賣牛記〉中主角聰聰與媽媽為了生活有許多無奈與妥協，媽媽要殺雞殺鴨，還把牛給賣了，只能將眼淚往肚子裡吞，不敢讓聰聰發現。雖然有了善心人的幫助，老黃又回到聰聰身邊，但聰明的聰聰總有一天會理解媽媽的苦衷。這樣的故事現在的兒童少年讀來，也許覺得時代久遠，農村鄉居、鵝雞牛羊，小火輪等交通工具似乎都在這一代孩子的生活經驗之外，但是人與人互助，大人小孩一起想辦法溝通觀念，找出合適的解決辦法，讓仁慈的心保有且持續發揚，這些道理卻是不會因時代變化而改變的。

　　〈老鞋匠和狗〉則是講鞋匠陳福因為愛心收養被遺棄的小狗阿黃，也因為幫多多照顧小花狗而結識了他的父親老張，小人物們發自內心的真誠與互助，讓三個人兩條狗

成為一家人。故事中的人與狗都是那麼美好，或有人認為是不食人間煙火，卻也證明不管是黑暗或光明的時代，都存有真誠的人性。

《文與情》一書有多篇琦君的閱讀札記與生活雜感，也有像〈貝貝與螞蟻〉這類的故事小說，透過貝貝的想像，傳達大自然中人類與其他生物如何在生存競爭與和平共處之間取得平衡，平凡中見深刻。

如同琦君在〈文學的生活情趣〉一文，提到她自己欣賞文學作品的兩個層次，作品的美妙文辭產生的感情效果，以及由感情共鳴領悟到的道德含義。理性與感性，也是我們閱讀琦君經典的兩個層次。

小　序

琦君

　　民國五十五年，外子與振強先生訂交之初，就承他為我出版散文小說合集《琦君小品》。五十八年，又繼續出版我的散文集《紅紗燈》。嗣後又為他的滄海叢刊向我索稿，出版《讀書與生活》。

　　由於《紅紗燈》一書幸獲各方獎譽，越益增加了我對散文創作的興趣。二十多年來，無論在國內或旅居海外，筆耕未敢稍懈，因此有了些微成績，也使我十二分感激振強先生自始不忘對我的頻頻約稿。

　　客歲與外子返臺，他在百忙中陪我們遊覽，攝影留念，暢敘平生。又帶我們參觀他的三民書局，見其規模之宏大，出版書籍方面之廣，益發欽佩他對文化事業所投注心血之多。他告訴我們，關於文學類的三民文庫，將予以整理，以嶄新面貌重新出版。足見他於致力大專教材與辭典編訂之外，對文學書籍之出版，未始不時時在心。

　　今春他來美探親，自西岸打來電話，問我有否作品交他出版。感於他的一片誠意，乃將年來所寫散文與短篇小

說，合為一集，以回報他的美意。

本書的出版，可說是我們將近三十年寶貴友誼的紀念。

民國七十九年七月卅一日於紐澤西

目次

緣　起

童心與文情／林黛嫚

小　序

散文卷

文學的生活情趣　3

相愛容易相屬難　9

夕陽無限好　13

代　溝　17

雙雙一起老　21

思鄉曲與慈母頌　25

死生亦大矣　31

異國心情　35

意在言外　39

也談「性」字　41

詼諧中的練達　45

天下一家　49

讀〈塵緣〉有感　53

盲女柯芬妮　57

傳神・傳情・傳真　61

關心芳草淺深難　67

文與情　71

「囊中一卷放翁詩」　75

一棵堅韌的馬蘭草　101

小說卷

哥哥與我　127

做　媒　139

貝貝與螞蟻　147

老伴・老拌　161

十分好月　169

母與女　181

散文卷

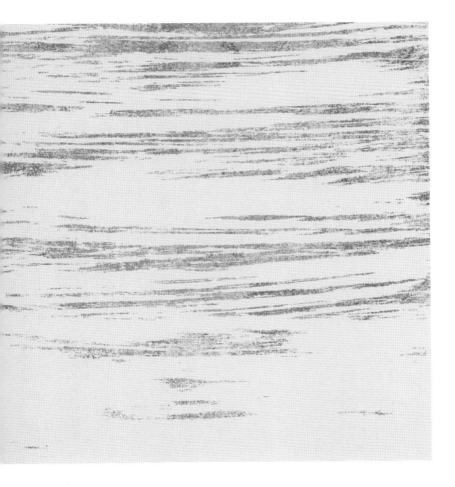

文學的生活情趣

生存在這個多元化、節奏快速的現代社會，生活層面越廣闊，物質享受越富裕，而身不由己的忙碌、疲憊，反使人感到精神空間的越趨狹窄，人際關係的日益疏離，家庭氣氛亦偶失和諧。這也許就是叔本華所謂的「愁苦是人類的本分」吧！如何驅除這份「愁苦」，如何提升心靈境界，充實人生，無上良方之一，應該是文學情趣的培養吧！

孔子說：「行有餘力，則以學文。」並非以文學為次要，而是曉喻我們，文學與進德修業的並行不悖，且可以相輔相成。在文學的欣賞修養中，深深領悟修身之道。不然的話，何以孔子弟子說：「子以四教，文行忠信」，又將文學擺在第一位呢？孔子的文學課本是《詩經》，他讚嘆《詩經》「可以興、可以觀、可以群、可以怨……」可說是一部歷史的、文學的、哲學的、政治的、心理學的、社會教育的綜合教材。「夫子一一皆弦歌之」，藉音樂以推廣教化，且將三百篇歸納出一個宗旨，就是「思無邪」。

在今日自由開放的社會風氣之下，中國傳統精神的「思

無邪」三個字，尤值得我人反覆深思。

　　由此看來，文學不是風花雪月、羅曼蒂克的名詞，更不是供茶餘酒後消遣的，文學有其深厚而嚴肅的含義，也是形成文化要素之一。西方的古希臘文學，幾乎與文化是二而一的。中國文學自《詩》〈騷〉史傳唐宋詩篇以下，直至現代文學的諸般面貌，正是一脈相承的文化傳統之發揚光大。

　　生於文化遺產豐富，出版物發達的今日，實在是現代人之福。因為讀書是最最簡便的一件事，只要識字，便能讀書。只要肯擠出一點時間，就可開卷有益。書是古今中外的作家對人生世事剴切體認的誠懇記載。領導你開拓胸襟，增長智慧。文學書籍則助你抒發情感、陶冶性靈。書帶領我們上接古人，遠交海外，絕不至有「訪友不遇」或「話不投緣」的遺憾。書是家庭父母子女共同的良伴，也是良朋相知相契的橋樑。

　　偉大的文學著作，尤其能啟發人類溫厚的同情心，進而謀求促進整個社會國家的福祉。例如印度的奈都夫人喚醒民族意識的愛國詩篇，賦予了甘地和平革命的政治靈感。美國的史都夫人所著《黑奴籲天錄》，感動了林肯總統，乃有解放黑奴的南北戰爭。英國小說家毛姆說：「寫作當從生活著眼，從人性出發。」真是一句踏實的名言。

　　筆者當年服務司法界時，深受一位公正仁慈刑庭庭長的感動。他的案頭，除了法律與卷宗，更有《論》《孟》、詩詞與當代散文小品等。於製作判詞前後，常專心閱讀數篇。他說：「文學的一份美與善，常使我有勇氣面對種種罪惡，也更能設身處地同情觸犯刑章之人。」看來他對文學作品的默讀，其功效不亞於信徒的虔誠祈禱。

　　記得有一本科學著作《海的故事》，作者在每章之首，都寫了極饒妙趣的兩句詩。具有高度文學修養的譯者曾對我說，如不是每章的兩句詩引人入勝，他不會有耐心譯完這本對他完全外行的書。

　　培根是一位政治家與哲學家，而世人更喜愛的反倒是他的一部散文集。

　　這些事例，充分說明了文學感人的力量。

　　我人對文學的欣賞，自然地包含兩個層次。當一篇作品的美妙文辭，鏗鏘節奏與真摯內容使你擊節讚賞時，這是讀者感性經驗與作品之共鳴，是第一層次的感情效果。由於這份共鳴立刻領悟到深一層的道德含義，這是第二層次的理念效果。凡是上乘的文學作品，必能同時引起讀者感性的共鳴與理性的領悟，這是文學的美與善也是真的一致。舉一個淺顯的例子，讀林覺民烈士的〈與妻訣別書〉，誰能不引起滿腔愛國情操；讀朱自清的〈背影〉，誰能不體

會到慈父之愛？正如舊時代說的：「讀〈出師表〉不流淚者不忠，讀〈陳情表〉不流淚者不孝。」流淚是感情的，忠與孝，對國家民族與對慈父之愛是理性的體認。這四篇文章都何曾炫耀技巧，只是由於至情動於中而形於外，技巧自見。

中國傳統文學，並不重視技法，而於自然中見技法，尤見其深湛的道德情操。西風東漸後的現代，文學理論家往往過分強調技巧而忽視內容的道德意義，稱之為「為藝術而藝術」而非「為道德而藝術」，其流弊豈止是以辭害意，或以艱深文淺陋。甚至借文學外衣，以逞其描繪穢褻色情之實，而美其名曰「刻劃人性的寫實」。其危害青年身心，敗壞社會風氣莫此為甚，實令人深以為憂。從事文學寫作者，固不是道德家、教育家，而文學之深入人心，對社會的潛移默化之功是不可忽視的，這是我個人不變的主張。

一個文學的欣賞者，當不斷充實學識，開拓胸襟，培養正確的文學觀與識辨力，以期於真正優良的文學作品中獲得啟迪，享受人生幸福。

先師曾對我誨諭云：「不一定是詩人，卻必須培養一顆詩心。不一定是宗教信徒，卻必須懷抱一顆虔敬的心。」文學的欣賞或創作，正是詩心的培養與虔誠心的表現。

　　要提升生活品質，培養文學情趣，必須普遍的推廣社會的讀書風氣。「有錢無酒不精神」，是物質生活的追求；「有酒無書俗了人」，才是面對「言語無味，面目可憎」者的嘆息。

相愛容易相屬難

近讀簡宛〈相愛、相屬〉一文，感觸至深。古往今來，關於婚姻的話，原是說不完的。作者再三強調的，也是夫妻之間要相互尊重、體貼、依賴與容忍。這些道理，聽來是老生常談，做來卻是不容易。聽到這樣懇切的勸諭，都當仔細省思。我是一個從舊時代過渡到新時代的人，在我的朋輩中，凡是婚姻美滿、白首偕老，能做到上述諸般德性的，多半是為妻的一方。而在今日女性主義伸張的時代，這些德性卻又落伍了。這是否就是離婚率日益升高的原因呢。

簡宛說：「婚姻生活，如逆水行舟，不進則退。」一點不錯。我覺得哪怕是幾十年的夫妻，每天仍在辛苦掙扎中，每天都在與逆水搏鬥中。但這樣的掙扎與搏鬥，原應當夫妻同心一德才行。有一方視為無足輕重的話，即使沒有覆舟的危險，至少也將趨於貌合神離。

因此「相愛」與「相屬」看似二而一的，但其實是相愛容易相屬難。因為相愛是「情」，相屬是「義」。情是動

盪的，義是恆久的。夫妻的結合是由於情深似海，婚姻的延續卻須領會得義重如山。

許多的婚外情，許多的猜疑，許多仳離的怨偶，都是由於在燃燒熾熱的「情」之後，缺少一個永恆的「義」字。

外子有一位好友，他的岳父母大人，雙雙高齡九十以上。在他們鑽石婚慶祝會時，女婿女兒為老人家印了一本紀念文集。我拜讀二老文章，深深體會他們彼此的了解與相愛，那才是年少夫妻的好榜樣。

記得有一位老長輩說過一句幸福婚姻 ABC 的名言。他說夫妻要彼此尊重、感謝、欣賞 (Appreciation)。連缺點都欣賞，也就是容忍。夫妻要彼此相屬 (Belonging)。夫妻要彼此信賴 (Confidence)。他的話，與簡宛的不謀而合。

有一次，我參加一位老友孩子的婚禮。被邀說幾句祝賀的話。我只引了永記心頭、當年恩師所作的一副對子勉勵他們。那就是「要修到神仙眷屬，須做得柴米夫妻」。神仙眷屬是綺麗的情，是「相愛」；柴米夫妻是踏實的義，是「相屬」。一切的憂患甘苦，要共同分擔，生死以之。正如宗教儀式婚禮中，一對新人在牧師面前所立的誓言。

夫妻若能凡事推心置腹，為對方設想，正如詞人說的：「換我心，為你心，始知相憶深。」就是真正的情深義重，真正的相愛相屬。這個「換」，也就是彼此坦誠的溝通了。

　　西方人重視婚姻，才有鑽石、金、銀等象徵結婚紀念的名稱。中國人重視婚姻，故有梁鴻孟光舉案齊眉的佳話。可是時至今日，不但少男少女對同居、分手、結婚、離婚已視同家常便飯，連老年夫妻也有由「相敬如賓」到「如兵」乃至白首分飛的悲劇。是多變的社會形態，使人們不再重視夫妻情呢？還是「海枯石爛」原本是文人筆下的歌頌之詞，而一到實際生活，就感到平凡不足珍惜了呢？

　　簡宛說：「婚姻是人生成長的一個過程。」在這段艱辛的過程中，得通過多少窄門？經得起多少考驗呢？

　　詩人嘆息道：「相思本是無憑語，莫向花箋費淚行。」彼此之間，究竟要怎樣的誓言，才是有憑呢？要怎樣的相愛，才能相屬呢？

　　真個是難、難、難。豈是由於原始結合時的錯、錯、錯嗎？

　　不幸的怨偶，定是默默無言只自知吧！

　　　　　　　　　　七十八年三月二十三日於紐約

夕陽無限好

讀過一篇題為〈放開胸襟迎新春〉，衷心為作者高齡得知音、締良緣，致最虔誠的祝福。他在無限幸福中，奉勸世間喪偶的老人，不要悲嘆，要放開胸襟，再覓佳偶。從他文章中看出，無限好的並不是夕陽，而是萬象回春的佳境。

像這樣的美滿姻緣，恐怕不易多見。這一來是由於他們雙方才學相當，乃能惺惺相惜；一半也由於彼此都有信心，這是可遇而不可求的。且看世間多少形單影隻的喪偶老人，縱使有心再論婚嫁，而人海茫茫，打了燈籠往哪兒去找知音呢？

有一位朋友章先生，夫人逝世將近十年，三個兒女都已成家，都極為孝順。他供職東京時，兒女們怕父親孤單寂寞，相約輪流自臺灣、美國打電話給父親，問候他的起居飲食。如今他退休了，來美國也回臺灣兒女家輪流居住，他正是敞開胸襟，迎接陽光，與兒孫們打成一片，一同玩樂，從不把自己退隱到一角，也從無此身如寄之感。他含

飴弄孫以外，就去圖書館看書，去成人學校學英文，忙得只嫌時間不夠，絕無孤獨老人難以打發光陰的感覺。他的兒女們還生怕照顧得不夠周全，勸父親再娶。他誠懇地告訴他們，他和他們的母親是甘苦與共的終生伴侶，既是終生，則她雖死猶生。她不幸先他而去，而在他心中，無人可以代替。如果為了照顧起居生活而再娶，就對不起新娶的人，更對不起他們的母親。兒女們聽他這麼說，也就不敢勉強他了。

像這位老先生如此的一往情深，誓不再娶的，可說是一種特例。

但無論如何，心靈的寄託是萬萬不可少的。有的老年人不再婚是因為「曾經愛過」。有的老年人再婚是因為「心中有愛」。無論再婚與否，都享受著心心相印的無上幸福。

我喜愛讀《約翰克利斯朵夫》，記得其中有一段話，非常深刻感人，特節錄在後：

得一知己，把你整個生命托付在他手裡，他也把他的整個生命托付在你手裡。快樂的是傾心相許，剖腹相示。一身為知己所左右。當你衰老了，疲憊了，多年的人生重負使你感到厭倦時，能夠在知己身上再生，回復你的青春與朝氣。用他的眼睛去體驗萬象回春的

世界，用他的心靈去領略生活的壯美。只要生死相共，即使受苦也成歡樂了。

　　這段話，指的原是朋友之愛、知己之感，但也未始不可借來祝福高齡遇知音的美滿姻緣呢！

七十八年四月五日華副

代　溝

　　我常常覺得：今天甚為嚴重的青少年問題，一半是由於多元化社會形態的引誘力過強，一半是由於許多忙碌的父母，對子女只供應了生活所需，而忽略了精神上的關注與指引，因此形成了父母子女之間的代溝。

　　國內以前曾有所謂的鑰匙兒童，孩子們放學回家，自己開門進入冷清清的屋子，父母不在家，怎叫他們能有安全感，這樣的孩子長大以後，怎令他們對父母在感情上能密切溝通？

　　想起十年前我第一次旅居美國時，賃屋而居，房東太太是護士，為了多掙錢，一直在醫院做大夜班。每天深更半夜回家。丈夫性情怪癖，惟一的兒子才八歲，下午三時放學回家，總是孤零零在馬路上遊蕩。我看了不忍，偶然招呼他進屋喝杯果汁，和他談天說故事，他一臉寂寞的笑容留給我很深刻印象，十年後的今天，這孩子已成了問題少年，他父母親當年鑄成的大錯，是終生無法彌補的。我在想這個孩子如果有一位祖父或祖母，給他充分的愛撫時，

他決不至於對家庭有疏離之感而走上歧途的。

回想自己幼年時，畏父親如老虎，母親雖慈愛，而管教極嚴。她說：「我只有一個女兒，若是慣壞就沒指望了。」我犯了錯，怕母親責罵，就躲到外公懷裡，他老人家總有辦法說得母親怒氣全消，笑逐顏開。

外公是一個有新頭腦的人，他曾說過這樣的話：

「俗語說，一代歸一代，茄子拔掉種芥菜，並不是說上一代不管下一代的事；是說上一代有上一代的想法，下一代有下一代的做法。要彼此看得慣，不去多干涉，都好好勸說就好。」

他又說：「其實呢，茄子拔了，豐富的營養留給芥菜；芥菜拔了，剩下的營養留給茄子。人也就是這樣，一代一代的傳下去。」外公所說的「一代歸一代」，不就是現在所謂的「代溝」嗎？他所說的「營養」，不就是西方人所謂的 LTC (Love Tender Care) 嗎？

十多年前，我初次應邀訪美。我要求接待中心帶我訪問他們的少年觀護所。所長是一位名叫 Joe 的黑人歌手。他與幾位志同道合的好友，以在街頭演唱所得的有限金錢，合力辦了這個觀護所，名稱為 Half Way Home。那僅僅是一間破爛的屋子，舊家具舊鋼琴。帶領逃家迷失的孩子唱

歌、講故事，給予他們溫暖關懷，勸他們漸漸醒悟，使他們明白，走遍天涯，只有家最溫暖，使他們一個個自動回家。我聽了他們所說一則則故事，內心萬分感動。他們敬愛他們的大哥 Joe 是 「小小的人物， 有一顆大大的心」(Tiny Joe with a big heart)。

　　我問 Joe 關於「代溝」問題的看法，他笑笑說：「人與人之間的性情、興趣、思想，總有差異的，父子夫妻朋友之間都有溝，但要用愛與寬容諒解來彌補，而不是強調那個溝，愛就像一張梯子，彼此都向當中走去，不就可以拉手了嗎？」

　　他真是位了不起的導師。他說自己犯過罪，坐過監牢，卻也因此教育了自己，深深領悟，只有全心關懷別人，愛別人，才能使自己快樂。

　　我問他信奉什麼宗教，他回答：「我沒有宗教，我的信仰就是一個愛字。」

　　我永遠不能忘記 Joe，回國後曾與他通過一二次信，但不知世風日下的今日，美國還有這樣充滿愛心的「小人物」嗎？

　　Joe 與他幾位好友的努力 ， 是否能挽救現代迷失的青少年於萬一呢？

　　希望所謂的代溝，真能如 Joe 說的，以雙方相互的愛來填補。

七十八年五月婦女雜誌

雙雙一起老

有一天晚上，一位朋友的孩子來學中文，他是在美國生長的，用左手寫的中國字，蠅頭小楷可真不好認。我嫌老花眼鏡度數太淺不夠清楚，就從手提包裡取出一副較深的戴上，字倒是放大了點，但怎麼會暗暗的模糊不清，難道是我眼睛有毛病，得了青光眼或白內障嗎？歲月不饒人，從視茫茫上最容易使你感觸心驚。

直到這孩子功課完畢臨行前，他有禮貌的問我：「李媽媽，您是眼睛不舒服怕光吧？否則為什麼在晚上還一直戴著太陽眼鏡呢？」

我連忙摘下眼鏡一看，原來是戴錯了一副太陽眼鏡，白白虛驚一場，大放光明以後，心裡反倒更高興。

有次洗完頭，正在對鏡捲髮時，電話鈴響了，我拿起一聽，覺得對方朋友的聲音非常細小，問她是哪裡打來的，她說：「就在紐澤西呀？」那怎麼會這麼小的聲音呢？一定是我耳朵不靈了，心裡又有點急。

眼不明，戴上老花眼鏡倒還是一種裝飾，可以遮點眼

角魚尾紋。耳不聰，戴起助聽器可就極感不便，而且顯得老態畢露了。我悻悻然地，一直坐著生悶氣。

　　老伴問我何事不開心。他就坐在我對面，但聲音聽來非常遙遠，可不是耳朵有問題嗎？我說：「我耳朵聾了。」他說：「耳朵遲早總要聾的，我還巴不得早點聾，可以耳根清淨呢？」他還要諷刺我，我更氣得默不作聲了。

　　直到臨睡時洗臉，卻發現兩隻耳朵裡都塞著棉花團。原來是白天洗頭以後忘了取出的。這一挖走，馬上恢復聽覺。那一份失而復得的高興，真非言語所能形容。馬上告訴老伴，我依舊是耳聰目明，沒有老呀！

　　他慢吞吞地說：「沒有老，你是沒有老。可是你戴了墨鏡看書，幾小時都沒發現是太陽眼鏡。洗頭時耳朵裡塞的棉花都忘了取出，這種胡塗，這種健忘，不是老的現象又是什麼？」

　　「你不用幸災樂禍，你又比我好得了多少？眼鏡戴在鼻樑上，到處找眼鏡的不是你嗎？」

　　「這才好啊！我們倆誰也不用嫌誰？」

　　我知道他並不是真心的幸災樂禍，他只是願意我同他一起老。

　　想起孩子幼年時說的話：「媽媽，你現在不要老，等我長大了，我們一起老。」

　　傻傻的幼兒意識流的孝心令人莞爾，但做母親的怎麼
等著兒子一起老呢？

　　只有冤家似的丈夫，才能兩人相依相守，雙雙一起老
啊！

　　　　　　　　七十八年十二月於紐澤西州

思鄉曲與慈母頌

　　檢點行篋，發現一篇極為感人的文章〈思鄉曲〉，作者潘恩霖先生，是我中學六年同窗好友劉珍和女士的夫婿。這篇文章，是潘先生為慶祝慈母百年冥壽而作。就在那一年，潘先生也不幸因心臟病突發逝世。我的同學劉珍和與他四十餘年鶼鰈深情，悲痛逾恆，幸兒女個個孝順，百般勸慰。她憂思稍減，心神稍定後，給我寫來一信，並將她先生的一篇遺作寄我，我讀後感動得淚水潸潸而下。故一直留在書篋中，作為永久紀念。轉瞬間，竟然已是十個年頭過去了。

　　如今，我又在異鄉作客，在一片祝賀「母親節快樂」聲中，重讀潘先生此文，感觸尤深。

　　最難得的是潘恩霖先生出生長大在海外，受的是西洋教育，而對祖國傳統文化，繫念不忘。公餘一直自修到能作詩詞，其毅力與愛國精神，令人敬佩。潘先生回祖國後，在抗戰前一直從事教育工作，並創辦中國旅行社，對國家貢獻至多。大陸變色後，他即僑居美國，再遷新加坡，協

助友人從事工商業發展，對新加坡僑胞公益事業，尤為熱心。為人和平公正，極受當地人民及僑胞之愛戴。在新加坡時，一直想寫文章寄國內發表而苦無時間，後竟突然逝世，這是他第一篇也是最後一篇文章，故格外值得珍惜。

　　他寫的是侍奉慈母，為慈母的快樂而特地用中文編寫「思鄉曲」的經過，及在瀋陽青年會演唱時受歡迎的熱烈感人情景。讀通篇文章，實在是一首感人的「慈母頌」。

　　本文寄到時，母親節固然早已過去，但慈母之愛是無始無終的。在我們每人心中，母親節應當是永恆的，是不必認定那一天的。因為母親的辛勞是日日年年、年年日日啊！

　　潘恩霖先生遺作原文如下：

　　我從小愛好西洋音樂，喜歡唱英文民歌，每次得到一首新歌，必先將歌詞的內容，簡略譯告我的母親，然後自己奏琴將歌兒唱給她聽。事實上母親既不識英文，也不懂西洋音樂，但總是參加助興，給我鼓勵。有時將譯述的某段某句要我再唱一遍，使她增加了解，也更欣賞詞意與音調的調合。所以幾年下來，一本《一百零一首佳曲》，我們母子二人都很熟悉。

　　在這些歌曲中，她最愛聽的是「思鄉曲」。這首歌原名 Home, Sweet Home ，是美國十九世紀的一位作家裴恩

(Payne) 所寫。裴恩本是孤兒，既無父母手足，亦無家庭，是在孤兒院中長大的，長大後在外交部做事，派往非洲某小國當領事，他終身未曾結婚成家，但他感情豐富，想像力甚強，遠客他鄉，時常想念祖國，因而寫出這篇委婉動人的思鄉曲，傳頌一時，成為世界名歌之一。

思鄉曲歌詞，大意是「走遍天涯，享盡榮華富貴的生活，看過最優美的環境，但仍不如簡陋的故鄉，令人戀念」。

我因為母親特別喜歡此歌，原文是英文，她無法跟著哼唱。而且究竟是美國人的口吻，和中國人思鄉的情感總不相同，所以根據原歌的曲調，照中國人思鄉的心情，將其意譯一首計二節如下：

一、聽杜鵑聲聲，啼得遊子歸心切，
看落花片片，吹得庭前空寂寂，
是何物富貴，使人們如此捨不得？
問底事忙碌，亦知田園已蕪否？
（副歌）
去！去！莫留連，
莫負好歲月，
莫教家中人長嗟！

二、念昨夜夢裡，舊日門庭猶認識，

惟門前樹老，屋後牆垣稍稍缺，

有高堂老母，空倚園門望殘月，

盼遊子歸來，榻掃几拂常虛設。

（副歌）

去！去！莫留連，

莫負好歲月，

莫教家中人長嗟！

　　我當時僅十幾歲，且我所受的是英文教育，中文根柢非常膚淺。是從商務印書館的教科書「人、手、刀、尺」讀起的，一切古文經傳，都在後來做事時感覺需要而苦苦自修。所以寫此歌詞，對於平仄聲韻，毫無研究，詩詞歌賦，更是外行。但這是我和母親共同哼唱的原文，所以至今不忍丟棄，也曾請教專家潤飾。

　　後來我在瀋陽東北大學擔任教職，並且邀集有興趣男女學生，組織歌詠團，用四聲合唱演習比較簡單的西洋歌曲。首先選唱的，也是他們最感興趣的，就是這首思鄉曲。我在晚間去學生宿舍行走，聽到他們三五成群，連不是歌詠團的團員，都在歌唱。我感覺到自己這點努力，受到他們的支持，十分興奮！

　　不久後瀋陽青年會的閻總幹事，要求我將此節目在五百人集會的場合演出，以便公諸同好。我本來想我們的技術並不高明，這首歌曲，也很簡單，這個演出不能登大雅之堂。但是在當年的東北還未受到西洋音樂的影響，借此做倡導工作，或者不致貽笑大方，所以就答應他的要求。只是請他將此歌排在最後一個節目，並非我們的表演可以做壓軸戲，而是照歐美習慣，這首催人返家的曲調，要到宴會時間甚遲，客人遊玩已經盡興的時候，主人才授意奏樂的人，彈此歌曲，大家便圍琴共唱，作為散會的儀式然後分別歸去。所以根據這個慣例，將此歌排在最後，似乎比較合理。

　　演出的當晚，我們將歌詞印在節目單上，讓座客可以了解所唱的詞句。我先解釋裴恩寫此原歌的歷史，然後即將此歌演奏，唱畢後全場掌聲雷動，歷久不停，表示要求再唱，我們受寵若驚，感激聽眾的熱忱，所以用最輕的聲音將第二節複唱一遍，並邀請座客在唱副歌時加入我們共同合唱。

　　節目完畢時，全場寂然無聲，座客中有許多人流下眼淚，靜悄悄離座回家，這種深刻的印象，數十年後還歷歷在我腦中。我當時想到早年和母親共同哼唱的情形，想起「樹欲靜而風不定，子欲養而親不待」之句，不禁黯然淚

下。茲值先母百齡冥壽，因撰此文，除介紹裴恩君之「思鄉曲」外，亦藉以表達對慈母無限哀思。

七十六年五月二十八日於紐約

死生亦大矣

曾讀過一篇文章寫一位患了老年癡呆症的老人，住在老人療養院裡，四年來，漸漸地被子女遺忘了。只有癡癡呆呆地等待上天最後的召喚。作者感慨地問，讓這樣的老人拖著殘生，究竟是誰殘忍？一個人如果為免拖累旁人而自我了斷的話，誰會覺得他是仁慈？

以今日的社會形態而言，這位做兒子的，因事實上不可能衣不解帶地侍奉湯藥，將父親送進療養院，託給護理人員照顧，已算盡了孝心。再也不必感慨「久病牀前無孝子」，更不要以「慈烏反哺」來譴責忙碌的現代子女。

我家鄉有句俗話：「一代歸一代，茄子拔掉了種芥菜。」一點不錯的，那塊土地到了該種芥菜的時候，枯乾的茄子梗自當被拔掉，讓出位置來呀。

幾年前，臺灣報載一個老人於兒孫各自成立以後，乃僱工為自己築好墳墓，自閉其中，以瓦斯自殺。當時真覺得這位老人心胸太窄，太不為兒孫的心情著想。再仔細想想，他也許有不得已的苦衷吧。

最近看電視新聞報導一個中年婦人，為順從患絕症丈夫的要求，悄悄地用針藥使他解脫。此事引起社會爭議，問這樣的行為是否犯法？是謀殺還是仁慈。婦人在接受訪問時，坦承自己殺死丈夫，但那是為了愛他，使他少受痛苦。她泣不成聲地說：「我愛他，他至死都說愛我。」這段新聞在晚間重播多次，並以「是謀殺還是仁慈」(Murder or Mercy) 為標題，以兩個不同的電話號碼，徵詢社會大眾正反兩面的意見，以作統計。

依基督教的看法，當然只有上帝有權予奪人類的生命。佛家勘破生死，但仍勸世人惜生、修死。道家主張順應自然，儒家說天地有好生之德，也是愛惜生命之意。但，人要活得健康，才能發揮生命的意義與價值啊！

我看了一本日本小說《恍惚的人》，描寫一個恍恍惚惚的老人，不知妻子死了，也不知自己身在何處，害得兒子媳婦惶惶終日，全家雞犬不寧。孫子忍不住對父母說：「你們可別活到這麼大年紀啊！」聽得做父母的不寒而慄。作者的意思是探討日本老人福利問題，但整篇小說，讀後使人心情十分沉重。

越說越感慨，不如來個笑話解頤一番：

有個做父親的，知道兒子一直忤逆不聽話，叫他朝東他偏偏朝西，總是拗著父親的意思，父親臨終時，為了希

望兒子能為他厚葬，就故意吩咐兒子：「我死後，你就用草蓆把我一包，扔在後山餵狼狗好了。」兒子居然照做了。鄰居們紛紛責備他的不孝，他說：「我後悔一生都沒有聽父親一句話，他最後的吩咐，怎能不聽呢？」

　　我聽這個笑話的時候，還不到十歲。當時只會笑得前仰後合，六十年後的今天，再回想這個笑話，卻是連兒子都不好意思講給他聽了。

七十七年六月二十八日臺副

異國心情

　　我有一位年輕的朋友，她原是臺北一所幼稚園的園長。我們由認識而相交，是由於一份貓緣。說來非常有趣。我那時住在公寓，卻不自量力地收留了一隻身懷六甲的流浪貓，不久牠生下三隻小貓。為了母貓可以自由來去給小貓餵奶的方便，我只得用紙盒裝了小貓放在自己的進門口。小貓漸漸長大，公共樓梯上下多人，非常不便。大樓管理員提出嚴重抗議。我於一籌莫展中，拜託文友芯心，在她的專欄裡寫篇文章，徵求能收留牠們的仁人君子。文章一刊出，馬上就有人打電話來，說她的幼稚園有最適合的環境可以收養牠們，她是史迺麗。我喜出望外，當天，她就親自開著車子來，把母子四貓一起接去了。

　　我們如同結了乾親，談得非常投緣。她的愛心，她的熱誠，是由於承受了母親愛的教育。老太太對佛學非常有研究，常請虔誠信徒到幼稚園禮堂談信仰心得。我也曾參加演講與聽講，頗多心得。

　　我來美後，因彼此都忙碌，曾一度中斷通信，對她十

分掛念。沒想到她也早已來美,看到我在報上寫隨筆,透過報社,與我聯繫上,她立刻與她先生驅車來看我,舊雨新知,歡愉可知。

不久她隨先生調差去印尼。以她熱情活潑的性格,到哪兒都能適應,而且展露才華,熱心地做出一番成績來。最近她在百忙中來信,讀後使我非常感動。

她說最使她痛心的是印尼政府非常排華,因此不准有華僑學校與任何中文報刊的印行。他們的下一代都不會說華語,也沒一個敢出來辦中文學校教中文。我這位朋友就動起腦筋來。趁著每星期六上午的打籃球時間和幾個中國家庭主婦提出構想,每週一次到她家教小孩子們唱中國童謠或愛國歌曲,教他們跳民族舞蹈。有的媽媽教他們寫毛筆字、畫圖畫,集大家力量,基於一顆愛心——愛孩子、愛國家——共同為培育中國的下一代而努力。這些媽媽們都是從臺灣或香港來的,她們還要推展向印籍華人。在一個酒會上,她向她們提出這項計劃,她們都紛紛報名參加。她們雖是異國身分,但心念祖國,這份誠懇的精神,使她感動得落淚。

她說中國人是最堅毅的民族,不管移居國外多少代,始終保持中國人的傳統與習慣。儘管由於政治的因素,他

們不得不成為外國人，說外國話，但他們的那顆心永遠是中國的。他們不但沒有被同化，反而同化了許多印尼人。儘管印尼政府排華，但到處是中國餐館、中國食品、中國錄影帶公司。最感人的是每年雙十節，小小的一座餐廳，可以擺下三四十桌酒席慶祝歡宴。氣氛之熱烈，使她深深感到以身為中國人為榮。

她又參加了國際婦女俱樂部的許多活動。幫助殘障兒童的義賣，教他們各種遊戲，再忙也不覺得累，因為「愛」就是最大的原動力。她說使她感觸萬端的是，當她第一次參加國際婦女俱樂部時，正是三十七週年紀念慶典，十幾個國家的婦女都舉著她們自己國家的國旗，昂然進入會場。她那時的心好酸，因為她是唯一的中國會員，也是唯一敢承認自己是中國人的中國會員。但她手中沒有國旗。她心中好悵恨，她要努力參加該會的各種活動，積極發揮中國人的幹才，爭取各國對中國婦女的深刻好印象。她真盼望在該會三十八週年時，她能舉著中華民國的國旗，驕傲地進入會場。

看到這裡，我感動得熱淚盈眶。

一個人身在異國，格外感到國家的重要，民族尊嚴的不可侵犯，目睹種種，感觸特深，再也不會「人在福中不

知福」，對自己國家百般的不滿與挑剔了。

　　這是這位朋友語重心長的嘆息。

　　　　　　　　　　七十七年五月二十五日臺副

意在言外

　　意在言外當然是意味著說話的人說得含蓄、風趣，不刻薄、不尖酸，聽來不刺耳卻能領會深意。這樣說話的藝術也著實不易。一個敬酒的故事倒頗可為例：

　　在酒席上，一位男賓向旁邊一位美麗的太太敬酒，嘴裡唸道：「醉翁之意不在酒。」這位太太立刻舉杯回敬道：「醉酒之意不在翁。」她的丈夫也馬上接道：「醉酒之翁不在意。」另一位冷眼旁觀的客人卻湊趣道：「在意之翁不醉酒。」四個人都是絕妙好言語，卻轉來轉去沒有超出這七個字，也足見中國文字組合之妙。

　　另有一個笑話，也足見說話的技巧：

　　有一個人請客，客人到甲、乙、丙三位，做主人的卻嘆口氣說：「該來的不來。」客人甲聽了不是味道，就起身走了。客人乙說：「你這麼說，他就生氣走了。」主人說：「我又不是說他。」乙一聽也不是味道，也起身走了。現在就只剩下丙一個人了。主人又嘆口氣道：「該走的不走。」丙知道明明是說他，也只好走了。

　　這樣不誠懇的主人，這樣耍嘴皮子的說話，實不能稱之謂「意在言外」，比起前面故事中的人，就顯得刻薄了。

　　還有兩個小故事，可作為意在言外的好例子：

　　有一個人請人喝酒，甲喝了一口皺著眉說：「酒是酸的。」主人認為冤枉了他，就把甲吊起來。不一會，乙來了，問甲何以被吊，甲據實以告，乙說：「讓我也嚐嚐這酒吧！」乙嚐了一口，對主人說：「把我也吊起來吧！」這真是妙極了。

　　有一個小偷，偷了一家的細軟，卻被失主抓到了。失主是個戲迷，他對小偷說：「我唱一齣戲，你如叫好，我就把細軟都送給你。」小偷非常高興，心想叫一聲好還不簡單嗎？失主拉高嗓門哇啦啦地唱，唱完以後問小偷：「你怎麼不叫好呀！」小偷垂頭喪氣地說：「我還是把包袱還給你吧！」

　　這個小偷，不但說話有技巧，他那種堅守原則，不為小利而說假話的精神，令人欽佩。可是這樣的人，怎會當小偷呢？我這話就問得太沒有藝術了。像我這樣死心眼的人，一輩子也說不出一句「意在言外」的幽默話來。

七十六年十月二十三日臺副

也談「性」字

　　最近在報紙副刊上讀到一篇文章，題目是「性」的氾濫。主編為了醒目，把那個「性」字排得老大，倒把我嚇了一跳。繼而又高興地想，這位作者，一定是看不來那些大事渲染色情的作品而施以撻伐吧！待仔細一讀，原來是有關語文方面的討論。

　　大意是說，「性」這個字亂用的情況，越來越普遍也越嚴重了？這是由於人們偷懶地把英美人濫用抽象名詞的陋習移植過來。在隨便什麼名詞、動詞之下，都加上一個「性」字。例如典型性、趣味性、故事性、可能性、攻擊性、防禦性……等等，這個「性」，那個「性」的。

　　作者何偉傑先生認為含後綴「性」的詞語，用於應用文或學術文章，並不令人生厭，但氾濫於一般非學術類的文章或口語之間，反使語意含糊不清。

　　讀完全文，覺得何先生對中英語意語法加以比較分析，並一一舉例說明，至為明白確切。因而真覺得許許多多名詞、動詞之下加「性」字，實在是多餘，實在是作者不願

多加解釋的偷懶做法。

　　這一來，我不由得檢點自己寫文章時，是否也喜歡加個「性」字作形容詞呢？幸好我很少這樣做，那是因為我很少寫理論文章。（如果我也有加「性」字的習慣，一定是「理論性」的文章。試問這個「性」字加不加有什麼分別？）至於抒情記事文章，好像不必借重這個時髦的「性」字。

　　由於這麼一注意，我每讀一篇文章，就格外留心去找含後綴「性」的詞語。也格外覺得凡是這類詞語，那個「性」字就好像會從紙面上跳起來。再仔細念一遍，想想是否可以省略，或用別的字眼來代替，就覺得非常有趣。

　　比如我剛剛讀一篇日本的翻譯小說，裡面就有好幾處帶「性」的詞語，例如：「她對運動的狂熱，並不是她對樣樣事物都有攻擊性的。」此處是否可代以「含有攻擊的意味」，當然這就多出好幾個字了。還有一處是：「定期性的談沒有結果的戀愛」，這個「定期性」，想來其實是「不定期」的，天下哪有那般美好的事，讓你定期地談不同的戀愛呢？我不知小說的日本原文如何，至少這樣的譯法，就令人讀來感到含糊不清。

　　語意學是一門大學問，我一點沒研究，但總覺得中國語文的結構是非常精密而且明確的，大可不必借重含義不

清的新式詞語，破壞了中國語文固有的結構美。

　　聯帶想到是與「性」無關的「架構」二字，我非常不習慣區別這個詞語。想來想去，「架構」是指什麼呢？是結構嗎？是構想嗎？那麼為什麼不用原來的兩種詞語而要用「架構」呢？

　　謝天謝地，我從來沒有把這兩個字眼擺在我的文章裡。不然的話，我的作品，第一個對我自己就沒有一點「可讀『性』」了。這個「性」字，好像又有點省不掉的樣子。諸如此類，就姑稱之謂「不可避免性」吧！哈！看我似已著了「性」字之魔了，可見時髦詞語的傳染「性」有多大了。

七十六年八月十九日中華副刊

詼諧中的練達

　　我雖於許多年來都寫散文，但卻愛看小說。所選擇的標準是：自然樸實，不刻意雕繪，不故弄玄虛，不渲染色情，不賣弄人生哲理，取材於實際生活，於溫厚的悲憫或輕鬆的趣味中，予人以深刻感受。

　　因而周腓力的小說，頗能引起我的興趣，覺得他以第一人稱方式自嘲的筆觸，消遣自己、娛樂別人，可以收「寫」之者無罪，「讀」之者足以誡的效果，頗有古代諷喻詩的意味，也頗具作者自身粉墨登場的鮮活形象。

　　他因不能滿足於在小說中以「我」當主角，乃進而寫散文，讓這個「我」走出來，面對讀者，坦誠地現身說法。他散文的筆調，仍維持著一貫詼諧的情趣。任何嚴肅主題，他寫來都亦莊亦諧，不尖酸刻薄，亦不賣弄才情，所以能吸引人一氣讀下去而無冗長拖沓之感。

　　有許多愛好他作品的讀者，常把他的小說與散文混為一談。曾有人同我說：「周腓力的婚姻很奇特，他已經離婚了，他的太太愛賭博是不是？」我連忙說：「那是他在寫小

說，『先婚後友』『離婚週年慶』都是虛構的呀！」

其實我不是第一流的讀者，也不是一個擅長編故事寫小說的人，但許多讀者也說我散文中的人物故事像小說，問我是真的還是假的。我告訴他們，我寫的都是真實故事，因為我寫的是散文不是小說。而周腓力第一人稱的小說不是散文，他散文的富於趣味性卻又近似小說，因此讀者對這兩個「我」有點混淆不清。

我在未認識周腓力之前，只從作品中知道他生活經驗豐富，又有深厚的外文文學素養，他所寫的，無論是「我」或不是「我」，都能引起人「感同身受」，這就是文人之筆，必當能揮灑自如。

讀腓力文章，我起初想像他一定是個口若懸河，風趣橫溢，甚至有點愛開玩笑的人。及至去年秋間在洛城見面，才發現他原來是一副敦敦厚厚的神情，說話也顯得有點木訥，我不由得連聲說他「文不如其人」。這個「不如」當然是「不像」的意思，他只是謙和地微笑著。在他的形象裡，找不出他小說中那個「我」的一絲影子，足見他善於隱藏自我的小說技巧。

我們匆匆數面，都未及多談，倒是回來後彼此通過幾封信，知道他寫作的動機與主張，與為人處世的態度，是重在一個「真摯」與「幽默」，這一點深獲吾心。

　　海明威說:「要成為一個作家,最重要的是培養同情心與幽默感。」「大器晚成」的周腓力,對此定當有更深體認。他於小說斐然可觀之後,復勤寫散文。我希望他一直把握幽默而溫厚的原則,發揮詼諧的才情,從「謔而不虐」一路寫去,建立起個人高雅的風格,而不為世俗的時尚所左右。

　　多年前為激賞季季散文,所引先師的兩句詠梅詞:「猶有最高枝,何妨出手遲。」乃以此轉贈腓力。蓋出手越遲,當越見其沉潛蘊藉的功力。腓力於「老來得書」之後,寫作的靈感若決江河;無論小說或散文,都是他攀向最高枝,鍥而不捨的一分努力。

　　　　　　　　　　　　　　　　七十八年一月四日聯副

天下一家

　　我遊玩過兩處狄斯耐樂園，最使我神往的，是那個「小小世界」。令你感到和平、幸福、快樂包圍了你，人就像飄飄然進入了神仙境界一般。歸途中，縈繞在耳邊的，就是那支「這是個小小世界」的美妙歌聲。歌詞似微帶感傷，但使你心情平靜無比。

　　每遇心中煩躁，對這充滿火藥味的人世感到絕望時，「這是個小小世界」的歌聲，總又會在耳際響起。我一直非常感激華德狄斯耐先生，為兒童，也為俗世的成人，帶來一個暫時忘憂的小小世界。

　　今春，意外地在一部著作《天下一家》中，竟發現作者姜逸樵博士，在第一章的結尾，引了這支歌，他並予以中譯：

　　　「我們的世界，有歡笑，也有哭泣；
　　　我們的世界，有希望，也有憂慮。
　　　我們須同舟共濟，及時覺悟。

這是一個小小的世界啊！」

作者在最後加了兩句：

「讓大家緊緊地結合，
求永久的和平，與普遍的幸福。」

我感動的是如此一位懷抱世界大同理想的學人，寫這部著作的原動力，就是由於那一點赤子之心——對全世界、全人類，無邊無際，不分界限的愛。在他的胸懷中，小小的世界，也就是最大的世界——「天下一家」。在這個家裡，人類永享和平與幸福。

逸樵先生是我極敬佩的一位學者，七年前我們旅居美國時，得有機緣接識他和他夫人弘農姐。我們特地去南灣他們府上小住數日，他曾把他這部正在增刪修訂中的稿件見示，並詳為敘述他從事這件艱巨著述的苦心與鍥而不捨的努力過程。在早歲，他就從歷史中知道中國是從幾千個群體匯合成一個民族，因而體會到世界所有民族都將溶為天下一家。二十一、二歲的他，就決心盡最大努力作深入研究，以期達到世界大同的最高理想。他的學士論文、碩士論文、博士論文，都是以此主題為他的中心思想。

　　為了先有安定生活俾得專心研究，他先發明了一種圖書卡片複印機，經營得非常成功。有了穩定的經濟基礎以後，他即毅然決然地放棄這項利益豐厚的企業，全心投入他百年大計的著述工作。七年後，乃完成《天下一家》這部巨作。他的毅力、胸襟與遠見，實非常人所能及。

　　我當時曾問他：「你怎捨得放棄這樣高的利潤呢？」他淡然一笑說：「我並不是要做大富翁，我是為了要完成自己的著作，帶出我的理想。錢要那樣多做什麼，夠過日子就好了。」這才是「君子先立乎其大者，則其小者不可奪也」的風範吧。

　　他在本書序文中說：「本書是忠實地為人類而寫的，謹以之貢獻給全世界。」他孜孜矻矻窮畢生精力的苦心，於此可見。

　　今日紛紛擾擾的世界，不但國與國之間，少有信義，連同種族、同宗教的，也視同仇讎。逸樵先生世界大同、天下一家的理想，何時能得實現？人類永久和平、永享幸福的日子，何時降臨呢？

　　但，懷抱赤子之心的逸樵先生，始終是充滿希望的。不但他，凡讀過他這本著作的學者名流，都被感動得引發同樣的企盼。多位諾貝爾和平獎的得主都紛紛向他致欽佩之意，他們不但為《天下一家》的偉大理想所感動，也十

二萬分欣賞他生動平易流暢的文章。尤其認為他運用輔助資料，作成注解之詳，成為本書之一大特色。

逸樵先生自謙地說：「這些輔助資料，成了正文的肌肉和血液，正文反只是它們的骨架。」因此他向每一位提供肌肉血液的作者致深厚的謝意，這種大君子虛懷若谷的風度，才是一位寫《天下一家》的作者。

我自慚學殖膚淺，固未足以窺本書之堂奧。但我曾屢次與逸樵先生見面請益，現又粗讀了本書數章，深深感到他是以哲學的胸懷體認，以科學的方法研究，然後以文學的筆調完成了這部行將影響全世界的巨著。

我又翻開了本書引證「這是一個小小世界」歌詞的那一頁，默唸著，也低低地哼起遊狄斯耐樂園時依稀還記得的歌曲，預祝這個小小的世界，也是一個大大的世界——天下一家。

七十四年十月十日中副

讀〈塵緣〉有感

　　對一個旅居國外的人來說，在報刊上讀到國內朋友的文章，就會引起天末懷人之思。日前讀到臺副十月廿三日丘秀芷的〈塵緣〉一文，激賞之餘，也不禁想起她這個人。

　　我和秀芷不是密友，平時見面機會也不多，但她的文章，只要見到的，必然會讀，因為我很欣賞她洋洋灑灑的筆調，和那一份豪情與真摯。

　　我們在《婦友》月刊的編輯會上，每月可以見面一次，我稱之為「婦友會」。我與她有時並排兒坐，有時面對面坐。但談的全是討論刊物文章的「公事」，會畢就匆匆而散。我也從沒對她說過「我好喜歡你的文章，你的某一篇文章寫得真好」這類的恭維話。但對於她在《婦友》上寫的「先民的腳印」連載專欄，我是非常欽佩她對史料搜集工作之認真與運用文章之生動活潑的。這也正顯出她那個人的樸質無華。

　　近些年來，臺灣文壇氣象蓬勃，年輕作家，各具風格、各展才情，但依我個人性格，還是偏愛不刻意求工，寧可

質勝於文，像秀芷寫的那種文章。

　　今天讀她的〈塵緣〉真是拍案叫絕，寫得真幽默風趣，同時也使我這個一樣也搬了好多次家，也愛小動物，也有許多個鐘的人感到慚愧。（這都是她文章中寫到的。）因為我沒像她那麼灑脫放得開，竟然跟定了丈夫，來到國外受思鄉懷友之苦。不同的是他們還年輕，可以輕別離，而我們已經老了，「年少夫妻老來伴」啊，何況我家的鐘都是我對時刻，校正快慢的，他連每天在出大門前，該穿什麼樣厚薄的大衣，要不要帶傘，都得由我決定，他還能少得了我嗎？

　　秀芷文中說她在心中冒火時，寫過一篇「他將自我放逐」的文章，符兆祥拿給別人看，竟有人誤會他們離婚了。那篇文章我沒有看到，朋友們誤會他們離婚，是因為對他們太關心了。在我看來，他們這一對是怎麼打也打不散的標準夫妻，正如同她文章中說的「絕配」。

　　她有豐富飼養小動物的經驗，其原則也是一任自然，與牠們打成一片。從童年、少女直到做母親，小動物一直都圍繞著她，她一點也沒費什麼精神，不像我養一隻小貓就好緊張，最後總是一場傷心的結尾。

　　她送我散文集《悲歡歲月》，書名我很欣賞，那篇序就是感人的好散文，不由得不一篇篇往下看。她寫童年、寫

農家樂、寫雙親、寫手足，那一份真摯的感情，與不事雕琢的純樸之筆，正符合了我寫作的主張。讀到最後一篇〈紅燭燃盡時〉，寫她慈母的去世，我亦不禁淚水潸潸而下。誰無反哺之心，而子欲養而親不待，灑脫如秀芷，對著靈前即將燃盡的紅燭，也焉得不悲從中來？

　　秀芷出版過多種散文集，本本都有很高的可讀性。我對《悲歡歲月》一書，感受尤深。她的文筆就像她的人，一貫的自然，不矯揉造作，不刻意求工。正如她自己在〈塵緣〉一文中說的：「我是一個平實的人，筆端不會塗上蜂蜜甜漿，臉上不會加蓋一層粉。」

　　文學之最可貴處，就在一個「真」字。率真之人，乃能寫率真之文，所謂 「鉛華不御得天真」，也就是真正的「文如其人」了。

　　　　　　　　七十三年十一月二十五日於紐澤西

盲女柯芬妮

芬妮姓柯 (Fanny Crosby)，照中國的姓氏習慣，就叫柯芬妮吧。一百多年前，她生於紐約州一處群山環繞的幽靜小屋裡。不幸的是她的眼睛在嬰兒時就因病受了損傷，醫治無效而至完全失明，注定了她就得在黑暗中摸索一生。

可是小小的芬妮自幼就非常堅強獨立，她在起居行動上絕不依賴別人，而且和鄰居的小遊伴們玩得非常開心。她跳繩、爬樹、騎馬樣樣都來，而且都毫不比別人差。許多同情她盲目的人，看她這樣的玩法，都不免替她捏一把冷汗呢！

由於她不能用眼睛看，所以她格外用心地去聽，聽大自然中所有美妙的聲音。她聽出風的狂笑或嘆息，聽出雨的輕歌和嗚咽。還有山洞裡流水的潺湲，樹林中群鳥的啁啾歌唱，呢喃細語。她的胸中脹滿了歡樂，充滿了對這世界全心的愛。因此也對自己在所愛的世界裡描繪出美麗的遠景，那就是她對將來名望和榮譽的肯定。

她肯定自己不是在做白日夢，而是要努力實現理想。

　　但是每當她想著要如何實現理想時，常會聽到一個聲音對她說：「你辦不到——因為你是瞎子。」

　　傷心的她，就跑到深山中，跪下來祈求上天啟示，她又會聽到一個聲音對她說：「我向你保證，你一定可以完成你的志願。」然後，她安心地回到同伴中，和大家一同玩樂跳舞。越玩越快樂，因為她心中有了保證，她不會是一個沒沒無聞的盲女，她定將使生命發放燦爛的光輝。

　　在不到十歲時，芬妮就能背誦新舊約中的許多篇章，以及很多詩篇。她對詩有強烈的感受和愛好，常常聽別人唱一首詩時，就能從音韻風格中分辨是誰寫的。她渴望自己也能寫出同樣美的詩來。在八歲時，她就寫了這一首詩：

　　　哦，我是多麼快樂的孩子
　　　我雖看不見
　　　卻對世界感到全心的滿足
　　　因為我擁有的福
　　　是別人所沒有的
　　　我絕不為自己的盲目
　　　哭泣或嘆息

　　芬妮漸漸長大，就開始寫詩。在學校裡，受到老師的

鼓勵、同學的讚美。因而她的詩越寫越好。少女時代，她寫了更多讚美造物主、讚美大自然的詩篇。由教會裡傳播福音的音樂家配上曲譜。因此她的詩篇家喻戶曉，散布到世界每一個角落。每一個唱起柯芬妮作詞的歌曲，就會在內心湧上一份喜悅。她對人世幸福的貢獻是多麼的大？

　　她活到九十五歲才逝世，悠長的一生中，一共寫了三千多首讚美詩。她雖是個雙目不能看見這個世界的盲者，但她心胸中的世界卻是無限廣大，因為她以光明還報人間。

傳神・傳情・傳真

　　近讀平書《激情手記》，這是一本純抒情的散文集。文筆樸實，感情真摯，有非常高的可讀性。本書與她以前的作品不同之處是：以前的是客觀地寫出別人的經歷，別人心裡想說的話。這本書是主觀地表達自己對親人的感情與對事物的感想。作者由幕後走到臺前，與讀者侃侃而談。前者所需要的是傳「神」，後者所需要的是傳「情」。但無論「傳神」與「傳情」，最重要的相同點就是「傳真」。只要有真摯的體認，信筆寫來，都是好文章。

　　我讀過平書不少篇散文，這次她將本書中抽出幾篇放大影印給我，使老眼昏花的我便於閱讀。我於重讀諸篇之後，感到她於平易的敘述中，讓讀者領略親情的可貴，生活的意義。因而引發我們對舊社會勤勞節儉美德的懷念與嚮往。

　　例如得獎之作〈那蹣跚的身影〉，寫一位安貧守拙，全心愛護莘莘學子的蕭老師，「他有一個信念，不管生活多苦，讀書人的氣節，仍要保持。」她平平實實地寫出他擇

善固執的氣節。對今日急功近利的世道人心，實在有醍醐灌頂之功。本文與〈手〉文都是以小說手法描繪人物，讀來如見其人。

由於她細心的觀察與體認，落筆之際，常能帶出一份人生哲理，值得再三品味，例如在〈手〉文中，她寫道：

為什麼每次看他做燒餅，總覺得他不是在工作，而是把生命力和愛心都揉入那小小的燒餅中。在他心目中，不再是個可以吃的東西，而是該被精心呵護的藝術品。如何把這個藝術品，提升到最高境界，不正是他孜孜不息的目標嗎？

把一件做燒餅的工作，看作是精雕細琢的藝術品，領悟之深，不能不誇讚平書的別有慧心。

寫親情說容易也最難。容易的是人人有同樣體認，似乎都可以寫。但難的是同樣是「愛」，如何以具體故事，寫出內心深刻的感受，難忘的親情，而能引發讀者的共鳴。

我非常欣賞〈永遠的花燈〉一文，題目就具有豐富的想像與深長的含義。寫父親為兒女們紮花燈，哥哥姊姊和她每人一盞。父親辛苦工作了一通宵，孩子們都在沙發上睡著了——使我也想起自己的童年和父母之愛。

作者最後寫道：

花燈因搬家或水災等而不知去向，而花燈的形象及亮
光卻永遠深植在我內心深處。歲月的流逝帶不走那年
媽媽堅定的眼神，及爸爸在昏暗的燈光下，埋頭紮燈
時給我的無盡溫馨。

這就是永遠的花燈。

〈點滴在心頭〉寫雙親的鶼鰈深情，和父親的勤儉，
以及他不主張女兒留洋的踏實見地。在作者毫無矯飾的敘
述中，使讀者也有點滴在心頭之感。

〈一根白髮〉與〈被裡慈心〉都是寫母親對她無微不
至的呵護。直到她婚後回娘家，母親都為她深夜起來蓋被
子。

就在母親轉身的剎那，我第一次發見她額上的皺紋及
頭上的白髮怎麼增加了這許多。
黑暗中我望著她蹣跚而去的身影，忍不住掩被而泣。
是太多的操心催老了媽媽嗎？

字裡行間流露的，正是孝的啟示。作者畢竟是幸福的，因

為她有父母可以及時盡孝道。她在淚光中可以望見雙親的笑影。而多少人卻只能悲嘆「樹欲靜而風不定，子欲養而親不待」啊！

〈媽媽的廚房〉和〈一襲毛衣萬縷情〉都是寫母氏劬勞。孩子們只會理所當然地享受媽媽的菜，穿上媽媽為他們不眠不休所織的暖烘烘毛衣，直到自己頭上出現了白髮，才吃驚地看到母親不到六十歲已是半頭白髮了。

〈綠衣情深〉寫爺爺，〈翡翠戒指〉寫外婆，都是三代情，我尤激賞〈翡翠戒指〉的最後一段：

> 媽媽不再只是收藏翡翠戒指，而是時刻不離身地戴在手上。看著它，媽媽就好像回到外婆身邊。我也深深感到外婆的愛就像是吐不盡的蠶絲，一代一代的綿延下去。

但願工商業掛帥的今日，年輕一代，能上體親心，將無盡的愛，也像蠶絲似的，一代一代綿延下去。因為只有愛，才不會有仇恨，不會有殘殺。

走筆至此，不由得使我又痛心疾首地想起天安門的血腥大屠殺。誰無父母，誰無兒女，唯有泯滅人性的共產黨，才會做出這樣慘絕人寰，傷天害理的殘殺之事啊！

　　〈兄妹情〉顧名思義就知道是寫手足之情。她回憶哥哥對妹妹無微不至的呵護，和自己幼年時的任性，寫來純真感人。

　　〈足下風情〉又是另一種筆調，由鞋子的式樣變遷，反映時代的變遷。作者深深領悟，由儉入奢易，由奢入儉難，乃與幼小的女兒相約，不再亂買東西。「如何讓我們下一代在安樂中成長、茁壯而不被物慾所淹沒；不正是這一代的父母最大的課題嗎？」是作者對生活的省思。

　　她對大自然的嚮往，可從〈學做老圃〉與〈夢迴合歡〉二文中看得出來。後者是以書信體寫出對合歡山舊遊的歡樂追憶。

　　天上飄著細細的雪片，彷彿是害羞的小姑娘輕輕吹拂情人的臉。細碎的雪花給我們一種溫柔敦厚的感覺。

　　寫雪寫得非常脫俗，且富於想像力，最後她寫道：

　　人世會有變化，形體也會老去。但是山是永恆的。只要山存在著一天，我們就能再度征服她。

　　是她一貫的在文末帶哲思的領悟。

　　我只就所看到的篇章，拉雜寫些感想，其他各篇，值
得激賞之處必多。相信本書問世以後，一定會擁有廣大的
讀者吧！

　　在異鄉客地，最大的欣慰是閱讀文友們自國內寄來的
新著。讀老友著述感到快如覿面。讀年輕朋友的作品，除
了感謝他（她）們的不遺在遠之外，更全心祝福他（她）
們在寫作方面的似錦前程。

寫於紐澤西

關心芳草淺深難

── 卓以玉的詩與畫

三四年前，以玉應中華文化中心之邀，來紐約「臺北畫廊」舉行個展時，我曾前往觀賞。我不諳藝事，僅能做一個全外行的觀摩者。只覺得以玉的毫端，所滴落的水墨與色彩，充溢了她奔放的才情與智慧。

我一直很喜歡宋人的兩句詞：「換雨移花濃淡改，關心芳草淺深難。」寫出了詩人對大自然山川草木萬千變化的感受。以玉是一位畫家，也是詩人，因此她敏銳的感覺，於她的詩與畫中同時流瀉而出，捕捉了瞬息萬變的美，使之常駐，並與別人分享。

已故的許芥昱教授在〈卓以玉的詩畫世界〉一文中說：「她揮動的那枝腕筆，看來似乎比她的手沉重。筆下的紙，也似乎承受不起那雄健的筆觸，和筆上豐盈的水墨和水彩……」我想那一份沉重，大概就是一個「情」字吧。

文學與藝術，其原動力本來就是一個「情」。不知人間情是何物的人，不足以與談詩論畫。徒有情而不知以理馭

之者，亦不足以與論詩畫之境界。以玉的詩與畫，時而奔放為萬頃波濤，時而溫柔似十三女兒。收放之間，正見其以理馭情的工夫。

這是因為她一面受西洋藝術文學的洗禮，一面沉潛於中國古典文學，深諳老莊哲理。於不斷的承受與融會中，創造了她自己的風格。

去年秋間，我因事去洛杉磯。承以玉堅邀，去聖弟雅哥作一晝夜的盤旋。我們於暢遊動物園之後，晚間一一展讀她的詩篇，才真正接觸到她的另一支彩筆，那是以玉以文字畫出來的詩，以詩畫出來的畫。

我對新詩是門外漢，但她的詩是從古典裡走出來的，所以我仍能捕捉她的靈感。她說：「中國詩自古以來，是最富感情的，它像一面鏡子似的，照出了我國的文化。」因而欣賞了她數首最富感情的詩。

她融會了西洋詩的排列技法，與古典詩的音韻，再灌注以含蓄卻濃烈的感情，深遠卻平易的哲理。呈現出一副嶄新的面貌，讀來韻味無窮。

且來欣賞她膾炙人口的一首〈上了「你」癮〉。

酒不喝／煙亦不抽／山抹微雲／依你膝畔／閏日閏月／尚嫌短／上了你癮

朝朝暮暮／暮暮朝朝／日日月月／月月日日／心頭陶
醉與激盪／醉如癡仙／醉如癡仙／上了你癮／上了你
癮／上了你──癮

婉轉的韻律，纏綿的情意，是古典的，也是現代的。
聽說此詩已由名家譜曲。

再讀她描寫日月潭的一首：

青山、老松、聖寺、晨鐘／碧湖、嫩草、田野、鳴蟲
／雲破山移／雨打湖面／酒窩兒／一圈圈／一圈圈／
不見了風

於灑脫自然中見凝練之美。

最見功力的一首〈我要回來〉，是為悼念亡友許芥昱教
授而作的。無限悲痛，萬重無奈，都在那一聲聲、一句句
的「我要回來」之中，因詩長不能再引。

以玉為慶賀慈母八十大壽，特整理詩篇，結集出版，
獻給母親祝壽，即題集名為《獻給母親》。她的一份孝思，
想慈愛的母親，定將頷首微笑，以愛女的才情為慰吧！

文與情

　　讚美別人文章好，常說「情文並茂」。我卻認為情比文更為重要。若是內心沒有那份不能已於言的情，而只在文字上鋪陳以賣弄技巧，雖然雕繪滿眼，仍著是空疏無物。梅聖俞說：「文不足以入人，足以入人者情也。氣積而文昌，情深而語摯，天下之至文也。」我國六朝騈文極華麗工巧之能事。在文學史上自有不朽的地位，但在感動人心的程度上，總不及《詩經》〈離騷〉及唐宋古文、詩詞之深。

　　韓愈的文喜用詰屈聱牙的僻字。到晚年也自謂：「艱窮變怪得，往往造平淡。」漸漸走上平易之路。他早歲的一首〈終南山〉詩，篇中有數不盡的草、木、山、石等部首的字，被時人譏為「類書」，其效果反不及他好友孟東野的兩句詩：「南山塞天地，日月石上生。」顯得更鮮明生動。因為前者是著意的鋪陳，只能以文勝，後者是直接的感受，好就在以情勝。又如庾子山的〈哀江南賦〉，真可稱得「情文並茂」，因為他確實是有感於劫後江南的哀痛而寫的。但

比起杜甫的〈北征〉長詩，寫一路流亡、目擊哀鴻遍野的淒涼情景，前者仍顯得著意雕琢了。可見華麗的文字，有時可以烘托情，有時反而會減弱了情。

　　無論詩或詞，我都比較欣賞白描的、以情寄景、以景寓情之句。比如辛棄疾的兩句名句：「我見君來，頓覺吾廬溪山美哉。」以大白話說出對朋友無限歡迎之情，溪山之美自不必費辭說明了。又如王碧山的詞，一向以沉咽含蓄著稱。他有兩句詞：「縱飄零滿院楊花，猶是春前。」暗喻國步雖艱難，而仍大有可為。滿腔愛國熱忱，都寄託在短短詞意之中。若比起納蘭的：「一樣蛾眉，下弦不及初弦好。」前者是樂觀的，後者是悲觀的，卻都是以眼前景物，寄託內心無限感觸，二者之所以都能如此感人，就是因為作者以平易淺近的文字，寫出最委婉曲折的情懷。所以我認為若要文情並茂，其實是情要濃重，文要疏淡，才不至以辭害意。

　　再舉一個例子：杜甫有兩句詩：「捲簾殘月影，倚枕遠江聲。」十個最最淺近的字，初讀時只覺平淡無奇。再細細品味，就悟出平淡中的無限深意，都包含在「殘」和「遠」兩個淺淺的字眼中。這兩個字就是詩眼。若以「望」易「殘」字，以「聽」易「遠」字，就索然無味了。因為「殘」顯示出月的形象，殘缺的月就象徵離人的心。「遠」

表示遠處的江水聲都聽到了。可見離人深夜不寐，愁緒萬千。可見這兩句詩，文字雖淺而實深，感情雖淡而實濃。看去沒有絲毫雕琢，卻是千錘百鍊而出。這正是情勝於文的明證。

「囊中一卷放翁詩」

　　陸游，這位自號放翁，吟詩萬首的南宋第一大詩人，其實也是一位大詞人。只是他作的詞，數量只有詩的百分之一，雖然首首都是明珠翠羽的精心傑作，而詞名終為詩名所掩。世人且有認為他的詞不及詩的，實非持平之論。

　　在《渭南集》中，他僅僅收了二百三十首詞，他在自序中說：「予少時汨於流俗，頗有所為，晚而悔之。然漁歌菱唱，猶不能止。今絕筆已數年，念舊作終不可掩，因書其首，以識吾遇。」作此序時，他是六十五歲，竟已停止作詞。認為詞是流俗且後悔少年時作詞，只因不能割愛，而收入集中，以紀念自己的「過錯」。可見連他自己都不重視詞，無怪後人忽略他的詞了。

　　這種矛盾心理，我想原因有二：

　　其一是宋朝士大夫冶遊之風甚盛，在歌臺舞榭、酒酣耳熱之際，與歌姬們吟唱而作的詞，都認為不登大雅，即使很滿意，也不便表示重視。只有像柳永那樣與做官無緣的人，才大模大樣地淺斟低唱，自稱「奉旨填詞」。事實

上，這些不登大雅的「小調」，才最足以見真性情，反映真實生活。陸游幸得留下這小部分也認為「流俗」的詞作，否則我們就只能從他九千餘首詩中，體認他滿腔愛國復國熱忱，和晚年豁達胸懷，而難以全部了解他一生千波萬浪的感情生活了。

原因之二，想來是由於他痛苦的愛情波折。因為綿麗的詞，最容易勾起萬縷千絲的舊恨。為了忘情，為了不願追懷那份殘缺的愛，就索性不再作詞了。這也同清朝的吳蘋香「掃除文字，虔心奉道」是一樣心情吧。因此他晚年的「百無聊賴以詩鳴」，其實是傷心人別有懷抱。

提起他的詩，無人不記得他那首滿腔忠憤的絕筆〈示兒〉詩，提起他的詞，無人不知他那首纏綿淒惻的〈釵頭鳳〉。為了體認他的愛國情操，與畢生對愛情的堅貞，讓我們先來欣賞他的另一首小令〈卜算子〉。

驛外斷橋邊，寂寞開無主。已是黃昏獨自愁，更著風和雨。　　無意苦爭春，一任群芳妒。零落成泥碾作塵，只有香如故。

一樹梅花，不在名園金屋之中，而開放在荒僻的驛站外、斷橋邊，當然是寂寞的，無主的。但這份寂寞是自甘

的，無主也正是一身無牽掛吧。已是黃昏，更兼風雨，極力渲染迷濛氣氛，也渲染了更深的愁。風雨也是暗喻國家多難。但梅花是孤高的，寧可寂寞，也不與群芳爭艷。縱然零落成泥，被碾成塵土，而幽香如故。

論者謂「末句想見勁節」，豈止是末句，全首詞雖寫梅而句句是作者自況。這是咏物詞「有寄托入，無寄托出」的最高技巧表現。放翁擅長於把身世之感，與滿腔孤忠，揉入眼前景色之中，而出之以含蓄婉轉之筆。這是他在詞方面，所表現出來與詩風格截然不同處，也是工夫獨到處。

楊慎《詞品》說陸游詞：「纖麗處似淮海，雄健處似東坡。」其實他無意摹仿前人，就此詞論，就已擺脫少游的綿麗了。

此詞可說是他一生坎坷際遇的寫照，也是他終身矢志不渝的自白，比起他另一首咏梅詞的兩句：「一個飄零身世，十分冰冷心腸。」委婉含蓄得多了。他因恢復中原的壯志不得酬，少年時代的愛情，又只似曇花一現。終其一生，他是寂寞的、孤單的，他的一萬首詩，是寂寞孤單中的吶喊，他自比於梅花，願孤芳永留人間，正表示他對生命的熱愛，對人世的關懷。

蘇東坡也有一首傳誦千古的〈卜算子〉，陳廷焯《白雨齋詞話》認為放翁的這首詞，比起東坡的那一首，「相距不

可以道里計」，這樣的批評是有欠公平的。為了欣賞與比較
的方便，並將東坡的〈卜算子〉也引錄如下：

> 缺月掛疏桐，漏斷人初靜。誰見幽人獨往來，縹渺孤
> 鴻影。　　驚起卻回頭，有恨無人省。揀盡寒枝不肯
> 棲，寂寞沙洲冷。

這是東坡貶黃州時所作。首二句寫寂靜的夜，「誰見」
是疑問口氣，強調了幽人的孤獨。下片點明了幽人的恨。
恨無知音，寧願如孤鴻般的，棲息在冷清的沙洲，連寒枝
都不肯停留，顯得幽人是何等執拗？

細味二詞，格調相似，正因二人心境相同。放翁是寫
梅，東坡是寫鴻、寫幽人（據說此詞是寫關盼盼，另有寄
託的）。放翁是一開始就點明「寂寞」，東坡是最後才說出
「寂寞」，卻都無損於全首的渾成。一個是寫風雨黃昏，一
個是寫殘月深更，都是一份逼人的寒冷。感覺上的寒冷，
就表示心情的孤寂落寞。但放翁在全首詞中，沒有著一
「恨」字，東坡卻點明了「有恨無人省」。且在短短一首詞
中，有三個「人」字，也由於東坡才高，常無暇於細小處
用心。無論如何，此二詞都是千古傷心人的絕唱，原是無
分軒輊的。

陳廷焯論詞好作驚人之筆，常失之公允。當年夏瞿禪恩師曾批評陳「勇於立論，而疏於考核」，這話是相當中肯的。

欣賞了這兩首詞，現在再來簡述放翁身世，與一生坎坷遭遇，然後再欣賞他的幾首名作。

放翁名游，字務觀，放翁是他的別號。據說他母親在生他前夕，夢見北宋詞人秦少游，因而以少游的名字「觀」為他的字，以「游」為他的名。果真如此的話，陸游之母也是雅人，後來何以逼兒子與嫺靜諳詩文的兒媳離異呢？

陸游浙江山陰（紹興）人，生於宣和七年，亦即北宋徽宗在位的最後一年。他父親原在京城為官，但金人大舉南侵，節節進逼，他們不得不舉家南遷，所以他不到兩歲，就過著逃亡生活。成長中，眼看金人鐵騎蹂躪，人民遭受洗劫。汴京陷落後，宋室南遷，他隨雙親回到江南故鄉，那時他才十歲光景。後來他在為友人奏稿寫的序中說：「先君歸山陰，一時賢公卿與先君遊者，言及靖康北狩，無不流涕哀慟。」又云：「紹興中，某甫成童，見當時士大夫言及國事，無不痛哭，人人思殺賊。」可見他童年時就深深感染了長輩們激昂的情緒，也深深體會到國破家亡的痛苦。

他的仕途是很不順利的，二十歲第一次考試，原已被署為第一，正逢權臣秦檜之子落在他後面，秦檜大怒，差

點連考試官都沒了命。因此在秦檜當權之日，他就永無揚眉吐氣的機會了。他於是鬱鬱地回到故鄉，潛心讀書。他原是家學淵源，藏書至多。因自號書齋為「書巢」，朋友來訪，繞來繞去全是書，走進去都走不出來，賓主相顧大笑。

　　他安貧守拙地過著淡泊的耕讀生活，直至秦檜死去之後，他已三十多歲，才出任一個區區的縣主簿。四年後孝宗即位，繼高宗有北伐恢復中原之志，非常賞識放翁的才華。召見後覺得他立論剴切，賜他進士出身，這是他一生最得意的時刻。但因他愛國心切，往往直言進諫，觸怒了孝宗，貶為鎮江通判，這是第二次的打擊，嗣後上上下下，自三十四歲至七十九歲，宦海浮沉了四十多年，遭逢了無數拂逆。在金兵侵犯中，家業蕩然，日子過得非常艱苦。他說「衣穿聽露肘，履破常見趾」、「弊袍生蟻蝨，粗飯雜沙土」他都安之若素。在青山環抱的浙東名勝之地鑑湖三山，總算過了一段安定生活。他非常高興地建起茅屋三間，名之曰「煙艇」，特地寫了一篇記：「雖坐容膝之室，而常若順流放櫂，瞬息千里者，則安知此室果非煙艇也哉。」可見他的自得其樂。

　　在四川時，他與范成大詩文往來，相知甚深，別人罵他放縱不拘禮法，他就索性自號放翁。說是「拜賜頭銜號放翁」。還給范成大寫了一首詩：

名姓已甘黃紙外，光陰全付綠樽中。

門前剝啄誰相覓，賀我今年號放翁。

　　他前後五次被罷官，在官場，他已榜上無名，還有什麼可顧忌的？他自號放翁時是五十一歲，曾作了一首自賀的詞：「橋如虹，水如空。一葉飄然煙雨中，天教號放翁。」

　　如此一位淡泊的老詩翁，卻為了替權臣韓侂胄寫過兩篇〈南園記〉與〈閱古泉記〉竟為當時清議所譏，認為他有虧晚節，這實在是冤枉他的。

　　此事的原委，據說是放翁的兩句名句「小樓一夜聽春雨，深巷明朝賣杏花。」為韓侂胄所欣賞，因此邀請他寫兩篇文章。其實以放翁古稀之年，何至附權臣以圖富貴？他之所以答應暫為韓門賓客，實在只因韓侂胄有恢復中原之議，並曾向皇上提出具體的伐金之議，此文還可能是放翁代擬的。他懷著滿腔復國的熱忱，不免寄望在韓侂胄身上。他哪裡知道韓侂胄只是想急急立功以自重呢？可惜伐金失敗，金人恨韓入骨，要了他的首級，這能算是放翁的過失嗎？況他在〈南園記〉中還隱隱寓有勸諭之意。文中說：「天下知公之功（指擁立之功），而不知公之志（指恢復中原之志），知上之倚公，而不知公之自處（指將恢復中

原之計）。」足見他對韓是抱著很大希望的。尤其韓侂冑是名臣韓琦之後，放翁對忠臣的後代不免有一番希望，可惜希望破滅了，韓固死有餘辜，卻不能不為放翁叫屈。

　　他晚年雖曾一度再出，只為奉詔修孝宗、光宗兩朝實錄，職責只在文字，史事完成，即辭官歸去。趙甌北說他「進退綽綽，本無可議」，於此可見才高者出處進退之難。無怪他故意以自嘲的筆調，瀟灑地吟：「衣上征塵雜酒痕，遠遊無處不銷魂。此身合是詩人未，細雨騎驢入劍門。」問自己是否夠格作詩人。不作詩人，還能幹什麼呢？

　　他歸隱後，讀書吟詩以自遣。典籍中，他最愛的是《詩經》、《周易》。他說：「我讀〈豳風·七月〉篇，聖賢事事在陳編。吾曹所學非章句，白髮青燈一泫然。」認為讀《詩》當身體力行，不只在文字上下功夫。又說：「淨掃東窗讀《周易》，笑人投老欲依僧。」從《周易》中悟出養生之道，是不必遁跡空門的。

　　他不但讀《周易》，更讀道家書、兵書。他又練丹、學劍。有「刺虎騰身萬目前，白袍濺血尚依然」、「十年學劍勇成癖，騰身一上三千尺」的豪語。這不是誇張，也不是好大喜功。實由於一腔驅除強虜、恢復山河的壯志，故不願書劍飄零。可是時人又有諷他學道求仙，非儒生所應為，這也是對他的苛求。幸得他學《易》學道，所以能恬然自

適，得終天年。看他於《周易》是深深體悟出一番健身要訣的。他說：「老喜杜門常謝客，病惟讀《易》不迎醫。」「床頭《周易》真良藥，不是書生強自寬。」今人有學《易》的，常走入命相之途，何不多讀讀放翁詩呢！

歸田後他雖仍滿懷壯志，卻再不談國事，心情也漸趨平靜，自謂：「閉門種菜英雄老，彈鋏思魚富貴遲。」終日竹杖芒鞋嘯傲山水，口渴時就用幾文杖頭錢買一壺酒，陶然而醉地吟起：「先生醉後即高歌，千古英雄奈我何，花底一壺天所畀，不曾飲盡不曾多。」

他因學道練劍，故健康情形良好，八十一歲時還說：「已迫九齡身越健，熟觀萬卷眼猶明。」只是朋友寥落，有時不免有落寞之感，賦起詩來，卻又滿紙辛酸了。例如他的〈晚春感事〉：「已為讀書悲眼力，還因挽帶嘆腰圍。親朋半作荒郊冢，欲話初心淚滿衣。」

時喜時悲，正顯得老詩人的一派真情，毫無造作。

前文說過，認為他作詞少而作詩多，是由於不願觸摸少年時代刻骨銘心的傷痛，其實他在詩中，傷舊事也正多呢，為他那一段絕望的愛情，他就作了不少首詩。現在且來簡單敘述一下他這段盡人皆知的傷心故事罷。

放翁娶的是表妹唐慧仙，因沒有生育兒女，不能討婆婆歡心，加以他們夫妻感情太好，引起寡母的妒忌。她把

兒子的仕途不利，都歸罪到媳婦身上，認為她不鼓勵丈夫
進取，因此硬是棒打鴛鴦，拆散恩愛夫妻，起先放翁還偷
偷為她賃屋而居，終為老母所不容，只好黯然而別。慧仙
後來改嫁趙士程。十年後，他們在禹跡寺南的沈氏園中，
意外相逢。趙士程還為他送來酒菜，放翁於悵觸萬狀中賦
一首〈釵頭鳳〉題於壁間：

　　紅酥手，黃藤酒。滿城春色宮牆柳。東風惡，歡情薄，
　　一懷愁緒，幾年離索。錯、錯、錯。　　春如舊，人
　　空瘦。淚痕紅浥鮫綃透。桃花落，閒池閣，山盟猶在，
　　錦書難託。莫、莫、莫。

據說慧仙看後，也傷心地和了一首：

　　世情薄，人情惡。雨送黃昏花易落。曉風乾，淚痕殘，
　　欲箋心事，獨語斜闌。難、難、難。　　人成各，今
　　非昨。病魂常似千秋索。角聲寒，應闌珊，怕人尋問，
　　咽淚裝歡。瞞、瞞、瞞。

　　這首詞也是情文並茂之作，但是否真正唐氏所作，或
為後人擬作，已不可考。

唐氏不久鬱鬱而死。放翁六十八歲時重到沈園，見園已三易其主，而壁上題詩尚在，乃悵然賦了一首詩：

楓葉初丹椵葉黃，河陽愁鬢怯新霜。
林亭舊感空回首，泉路憑誰說斷腸。
壞壁醉題塵漠漠，斷雲幽夢事茫茫。
年來妄念消除盡，回向蒲龕一炷香。

他七十一歲居山陰鏡湖之三山，每回進城必登寺眺望，又引起無限舊恨，吟了兩首絕句：

夢斷香銷四十年，沈園柳老不飛棉。
此身行作稽山土，猶弔遺踪一泫然。
城上斜陽畫角哀，沈園無復舊池臺。
傷心橋下春波綠，曾見驚鴻照影來。

八十一歲，他又夢遊沈園，再作了兩首：

路近城南已怕行，沈家園裡更傷情。
香穿客袖梅花在，綠醮寺前春水生。
城南小陌又逢春，只見梅花不見人。

玉骨久成泉下土，墨痕猶鎖壁間塵。

直到八十四歲，他辭世前的兩年，仍不能忘沈園舊事，再賦一詩：

沈家園裡花如錦，半是當年識放翁。
也信美人終作土，可憐幽夢太匆匆。

尼采說：「一切文學，我愛以血書者。」放翁一生懷著絕望的愛情，以斑斑血淚，寫下斷腸詩句，所以能卓絕千古。

一個對愛情堅貞到底的人，對國家民族之愛，也一定是執著到底的。在他的詩、詞中，隨處都流露出他報國復國的情操，甚至做夢都夢到收復失土而驚醒，如：「三更撫枕忽大叫，夢中奪得松亭關。」

〈書憤〉一詩，是他慷慨激昂的代表作之一，那時他已六十二歲了。

早歲哪知世事艱，中原北望氣如山。
樓船夜雪瓜洲渡，鐵騎秋風大散關。
塞上長城空自許，鏡中衰鬢已先斑。

〈出師〉一表真名世，千載誰堪伯仲間。

他的一首〈訴衷情〉詞，也吐露著同樣悲憤的心聲：

當年萬里覓封侯，匹馬戍梁州。關河夢斷何處，塵暗舊貂裘，胡未滅，鬢先秋，淚空流。此生誰料，心在天山，身老滄洲。

這樣震撼人心魂的詩詞，在他的《劍南詩稿》與《渭南詞》集中，俯拾即是。可是胡兒未滅，鬢髮已蒼，我們的詩人已垂垂老去。儘管他「一身報國有萬死」，怎奈「兩鬢逢人無再青」。在無可奈何中，他不得不強自寬慰地說「神仙須得閒人做」了。

在退隱歸田歲月中，他倒著實過的是悠閒自在的神仙生活，他高興地說：「飽飯即知心事了，免官初覺此身閒。」他喜歡睡，自稱「睡翁」。大概睡也是忘憂之一法吧。他說：「苔瓦蟲唧唧，霸林風颼颼。是時一枕睡，不博萬戶侯。」有一首〈破陣子〉，可說是他山居生活的寫照。此詞的下片是：「幸有旗亭沽酒，何如繭紙題詩。幽谷雲蘿朝採藥，醒院軒窗夕簸棋。不歸真個癡。」李調元《雨村詞話》讚此詞「喚醒世間多少人」。可是，在官場中有幾人

是喚得醒的呢！

　　他的詩，可分激情、閒適二類，上文已略有引述，他的詞則更加一份纏綿，容後再引幾首來仔細賞析。我倒尤其愛他晚年閒適之詩，益見得他涵養性靈，自有一番深湛工夫，大概他真已從痛苦中澈悟出來了。他有一首談養生的詩：「忿欲俱生一念中，聖賢本亦與人同。但須小忍便無事，吾道力行方有功。」此詩倒是十足宋詩味道。

　　「小忍」看似容易，卻必須於力行中見功。放翁已經行所無事地做到了。他能夠「呼童不應自生火，待飯不來還讀書」，這與東坡的「敲門都不應，倚杖聽江聲」，正是一樣境界。他把人生看得很透澈地說：「若能洗盡世間念，何處樓臺無月明。」人還是隨遇而安吧，但臨終之時，他仍是念念不忘中原的統一，而作了那首絕筆〈示兒〉詩：

　　死去原知萬事空，但悲不見九州同。
　　王師北定中原日，家祭毋忘告乃翁。

　　後來蒙古人入主中原，中原總算是「統一」了，卻又是怎樣的一種統一呢？所以林景曦題放翁卷後詩云：「青山一髮愁濛濛，干戈況滿天南東。來孫真見九州同，家祭如何告乃翁。」

又是何等的沉痛？

放翁詩源出江西詩派。曾師事江西詩派主腦人物曾幾，曾幾對他十二分賞識，但他性情豪放，又富感情，喜愛李杜岑參蘇辛少游的吟咏性靈，不能為理學詩所限，論者謂：「陸游雖從江西詩派入，獨能力拔新奇生硬泥淖，闢出語摯情真蹊徑，乃其鶴立之因，亦其自成一派之果。」可謂知放翁甚深。

他的詩，確實於空靈平易中見真情。他擅長寫景，但能揉理於景。如一直為人所傳誦的「山重水複疑無路，柳暗花明又一村」、「夜雨漲深三尺水，曉寒留得一分花」即是好例。寫事更有無限情致，如「小樓一夜聽春雨，深巷明朝賣杏花」。

讀放翁詩不像讀黃山谷詩那麼「骨多肉少」的僵硬，總是在悠然灑脫中給你一份啟示。

這也許是因為他熟讀老莊的心得。在他全集中，讀老莊詩不下四十首，例如：「門無客至惟風雨，案有書存但老莊。」「手自掃除松竹徑，身常枕籍老莊書。」見得一派悠然。

老莊思想，引領他回歸自然，使他於做人作詩方面，都一樣的統一。他的詩，看似平易，但在創作過程中，實在是經過一番歷練的。他在四十七歲追憶老師教導他的話：

「律令合時方帖妥，工夫深處卻平夷。」但這「平夷」並非一般的平淡，正如退之說的：「艱窮變怪得，往往造平淡。」是從「艱窮變怪」中脫化出來的。他在六十八高齡時，回憶自己學詩過程說：「我昔學詩未有得，殘餘未免從人乞。」「從人乞」就是摹仿。摹仿時期，總不免雕繪滿眼。突破這一階段，才漸入平夷，然後自創風格，卓然成家。所以在八十四歲時，他才告訴兒子說：「我初學詩日，但欲工藻繪，中年始少悟，漸若窺宏大。」「藻繪」就是在文字上耍技巧，自「藻繪」至「宏大」是要經過一番省思與歷練的。但他的措辭卻是何等謙沖。

他工律詩，沉鬱之筆如：「十年塵土青衫色，萬里江山畫角聲。零落親朋悲遠夢，淒涼鄉社負歸耕。」可直追杜甫。而灑脫之筆，又近淵明。例如：「百錢新買綠蓑衣，不羨黃金帶十圍。植柳坡頭風雨急，憑誰畫我荷鋤歸。」因為他非常喜愛陶詩，他說：「細讀〈養生主〉，長歌歸去來。」「臥讀陶詩未終卷，又乘微雨去鋤瓜。」那份閒適的田園生活，想是今日奔波於十丈軟紅塵中的人所無從夢想的吧！

詩評家讚他的詩：「每說處必有興會，有意味，絕無鼓衰力竭之態。」說得極是。劉後村稱他是：「南渡以下，當為第一大家。」不算過譽。清趙甌北對他尤為心折，說他：

「一萬餘首，每一首必有一意，凡一草一木，一魚一鳥，無不裁剪入詩。是一萬首即有一萬大意，又有四萬小意，自非才思靈拔，功力精勤，何以得此。信古來詩人未有之奇也。」又讚云：「各章俊句，層見疊出。」「意在筆先，力透紙背，有麗語而無險語，有艷詞而無淫詞，看似筆藻，其實雅潔，看似奔放，其實謹嚴。」

「有麗語而無險語，有艷詞而無淫詞」，格外值得今日年輕作家們深思，我國文學自《詩》〈騷〉以下，是一貫的含蓄醞釀，此種精髓，實當於現代文學中，予以發揚光大，以見我中華民族文學上的特色。不當一味以「險語」、「奇筆」乃至「淫詞」相炫耀，而自貶文格。此等不堪入目之作，一旦充斥，破壞可貴的文學傳統，危害青年身心健康，其禍患將伊於胡底？此是題外話，但願藉此一吐耳。

放翁晚年幾乎一日一詩，雖多淺易如白話，但「淺中有深，平中有奇」（劉熙載語）且多出諸性靈。正如他自己說的：「文章本天成，妙手偶得之。」但他刪詩標準仍嚴。早期作品只收九十四首。詞則首首是明珠翠羽，不可以「量」定優劣。他的作品，可分激情的、閒適的、與綿麗的三類。綿麗的都屬詞。也只有詞才能表達他心靈深處的秘密，那是他個人內心的獨白。他的詩之所以走平易之路，想來是他願以「詩」淡化濃愁，而且也為了一腔復國熱忱，

願喚起國人的覺醒與共鳴吧！

　　後世讚美放翁詩的很多，最為國人所熟悉的是梁任公的四首讀放翁詩，最為人熟知的是：「詩界千年靡靡風，兵魂銷盡國魂空。集中十九從軍樂，亘古男兒一放翁。」足見對他的推崇。

　　夏承燾恩師也曾有絕句題〈劍南詩稿〉：「許國千篇百涕零，孤村僵臥若為情。放翁夢境我能說，大散關頭鐵騎聲。」（第二句是指放翁詩「僵臥孤村不自哀，尚思為國戍輪臺」之句。「夢境」指「三更撫枕忽大叫，夢中奪得松亭關」。「大散關」在陝西寶雞縣西南，為宋金交戰重要關隘。放翁的「鐵騎秋風大散關」之句，已見前引〈書憤〉一詩。）

　　錢鍾書引《隨園詩話》評放翁與楊誠齋，都是江河萬古。錢則認為：「放翁善寫景，而誠齋擅寫生。放翁如畫圖之工筆，誠齋如攝影之快鏡。」此話想來只就大體而言。放翁詩「工筆」之處，一定是得力於杜甫，若移錢此語評他的詞，反而更恰當。

　　現在讓我們來談談他的詞吧！

　　前文已說過，他六十五歲以後即不再作詞。那麼詞是最足以表現他少年時代的悲歡，和中年時代的哀樂了。

　　他的詞也分慷慨激昂、兒女情長與閒適灑脫的三類。

〈釵頭鳳〉是他愛情生活的代表作。（原詞已見前文茲不再引。）

　　該詞首二句是慧仙以紅酥手端了黃藤酒給他，鮮明的顏色，應當是歡樂的，而此時卻是「相見爭如不見」的悲傷。當時情景，勾起往日同樣情景的回憶，二者交錯，今昔之感尤令他痛心。「宮牆柳」是飄搖的，可能是眼前景色，可能是暗喻慧仙的改適攀折他人手。「東風惡」是惡劣環境，造成分離。由於悔恨之極，連下三個「錯」字。究竟是誰的錯呢？「春如舊」二句是寫眼前的情人雖美艷如昔，卻已瘦了。滴滴粉淚，把手帕濕透了。「鮫綃」是美人魚在水中所織的絲帕。「桃花落，閒池閣」是說家中一切都黯然無光。與唐氏通信又是不可能之事，故說「錦書難託」。最後再來三疊字「莫莫莫」，決絕地說「別再相思了」。其實是「不思量，自難忘。」正如古詩裡「從今而後，不復相思，相思與君絕」。

　　前文引過的一首〈訴衷情〉是慷慨激昂的，現在引一首纏綿淒婉的小令〈蝶戀花〉：

　　水漾萍根風捲絮，倩笑嬌聲，忍記逢迎處。只有夢魂能再遇，堪嘆夢不由人做。

　　夢若由人何處去，短帽輕衫，夜夜眉州路。不怕銀釭

深繡戶，只愁風斷青衣渡。

這是追憶當年歡樂情景，不可再得，只有希望在夢中能再相逢，偏偏連夢也不由人做，所謂「夢也，夢也，夢不到，寒水空流」，正是一樣淒涼。下片說即使夢由人做，即使能青衫短帽與情人重聚，愁的是好景難長，銀缸繡戶，轉眼被無情風吹斷，一枕夢回，只有愁上加愁。

夢不由人作主，坎坷的命運也不由人作主。放翁再三嘆息「三十年間，無處無遺恨。天若有情終欲問，忍教霜足相思鬢」。

儘管他對唐慧仙的情剪不斷、理還亂，他也總有灑脫之時，現在來看他一首灑脫的〈鵲橋仙〉：

華燈縱博，雕鞍馳射，誰記當年豪舉。
酒徒一一取封侯，獨去做江邊漁父。
輕舟八尺，低篷三扇，點斷蘋洲煙雨。
鏡湖元自屬閒人，又何必官家賜予。

首二句是描寫當年任情作樂、博弈、騎馬射擊。這些豪舉，都成過去。「酒徒」是諷刺官場逐鹿之人，自己是決心去做江邊漁父了。下片描寫退隱山居後的逍遙歲月。他

以「輕舟」、「低篷」、「蘋洲煙雨」與上片「華燈」、「雕鞍」
相對比，由繁華趨於恬淡，由急驟的馬換了緩慢的輕舟，
表現他的心路歷程。

　　最後說鏡湖是個好風光的幽居之地，人人都有資格來
往，不似官場的「寸土必爭」，更不必官家允許才能住。

　　全首詞是豁達、瀟灑，但也隱隱中有一份牢騷。正是
「元知造物心腸別，老卻英雄是等閒」也。

　　再來引一首沉鬱的〈鵲橋仙〉：

　　茅簷人靜，蓮窗燈暗，春晚連江風雨。林鶯巢燕總無
　　聲，但月夜常啼杜宇。　　催成清淚，驚殘孤夢，又
　　揀深枝飛去。故山猶自不堪聽，況半世飄搖羈旅。

　　這也是他的代表作之一，寫的是杜鵑，比擬的是自己。
倒頗似東坡〈卜算子〉的淒婉。

　　首三句寫夜景，雨暗燈昏，連鶯燕都棲息無聲了。卻
聽到悽清杜宇的啼聲。先極力渲染氣氛的淒冷，下片才點
出一個「孤」字，這隻孤單的杜宇，揀深枝更寂靜之處飛
去了。最後二句轉到「人」，一個深夜不寐的愁人，即使在
故鄉聽了這樣的啼聲都會腸斷，何況是客居異地呢？更何
況在飄零了半世的客居中呢？

　　放翁極擅長寫景，現舉一首〈好事近〉（登梅仙山絕頂望海）為例。

　　揮袖上西峰，孤絕去天無尺。拄杖下臨鯨海，數煙航歷歷。貪看雲氣舞青鸞，歸路已將夕。多謝半山松吹，解殷勤留客。

　　以詞為遊記，可直追東坡。而最後二句的蘊藉，尤勝東坡。全首寫景，一二句是仰望天空，下二句是俯瞰大海。有如攝影名家，將眼前景色，全部攝入鏡頭。下片將心境與景象相揉合，因貪看雄偉奇景，不覺日已云暮。在倦遊的疲累中，忽又轉入一個有情世界：「謝半山松吹，解殷勤留客。」便是他以有情的心眼望山川樹木，山川樹木也報之以情，它們懂得殷勤留客。一個「謝」字與一個「解」字，正是人與大自然的息息相關。非豁達如放翁者，不能有此奇筆。著此二句，全首詞都活了，讀者也隨著他深入其境了。

　　詩人都善用「解」字，使景物人格化，使情景更鮮活，例如辛棄疾的「畫樑燕子雙，能言能語，不解道相思一句」，是抱怨燕子的「不解」，其實是知道牠「能解」。晏殊的「垂楊只解惹春風，何曾繫得行人住」，是抱怨垂楊的

「解」，其實是怪它「不解」。都是把燕子與樹當人看待，把人與景物溶為一體。

像這樣委婉的句子，真如王國維《人間詞話》中說的：「要渺宜修，能言詩之所不能言，而不能盡言詩之所能言。」其實不是「不能」，而是「不欲」。為了含蓄，不欲盡言也。

欣賞了這幾首詩詞之後，再來體味一下，放翁之所以為放翁，「放」，當然是放浪形骸，不拘小節之意，一個多情的詩人，堅貞的志士，在他八十六年的漫長人生中，總也不免有一些風流韻事。這正如東坡之與名妓琴操、朝雲，是無損於他的名節的。

從他的《劍南詩稿》看來，放翁與夫人王氏，是貌合神離的。因為在全集中，就沒有一首詩記述王氏，以及鶼鰈之情的。（連逼他離異的母親，他也不提。）詞集中更不必說，從沒一首像東坡〈江城子〉那樣「十年生死兩茫茫，不思量，自難忘」的詞。只有在王氏去世後，他自傷詩中有兩句「白頭老鰥哭空堂，不獨悼死亦自傷」，一生冷淡夫妻，也只「自傷」而已。我們設身處地為王氏想，她隨放翁數十年，吃了不少苦，患難夫妻受冷落，原也是很不公平的。爭奈放翁難忘第一次婚姻的打擊，反倒有時會逢場作戲，以自寬慰，也不能算是他的白璧之瑕吧！

　　據傳說，他有一次投宿驛館，看到壁上有女性筆跡題詩：「玉階蟋蟀鬧清夜，金井梧桐辭故枝。一枕悽涼眠不得，呼燈起作感秋詩。」他驚問是誰人手筆，知是驛館主人女兒的，寂寞的旅人，對此妙齡少女不免動了心而納之為妾。帶回後卻為王氏夫人所不容。女孩又作了一首〈卜算子〉：「只知眉上愁，不識愁來路。窗外有芭蕉，陣陣黃昏雨。曉起理殘妝，整頓教愁去。不合畫春山，依舊留愁住。」留愁住而留不得人住，她終於黯然而別。

　　如果真有此事的話，又將在放翁心上刻下新的傷痕，但又如何能怪王氏夫人呢。想來這段故事，可能是好事者所附會。在當時，落魄文士常有壁上題詩之事。也許有人同情放翁與唐氏的婚姻，故意編織了一段故事，把王氏描寫成一個妒婦，也未可知。為了對放翁愛情堅貞的印象之完整，相信很多人寧可信此事之無，而不願信其有的。

　　無論如何，放翁對唐慧仙是始終不能忘情的。在他六十三歲時，有兩首〈菊枕詩〉。

　　采得黃花作枕囊，曲屏深幌閟幽香。
　　喚回四十三年夢，燈暗無人說斷腸。
　　少日曾題〈菊枕詩〉，蠹編殘稿鎖蛛絲。
　　人間萬事消磨盡，只有清香似舊時。

他在二十歲新婚時，就曾作過一首〈菊枕詩〉，但此詩竟未收入詩集中。難道放翁是「刻意忘情卻不能」嗎？

情、情，「問人間情是何物，直教生死相許」呢？

放翁活到八十六高齡才辭世。人謂其「老尚多情是壽徵」。但多情總是自苦，我想放翁之長壽，不是由於多情，而是由於他的「放」字。他還在一首「放翁詩」中說：「問年已過從心後，遇境但行無事中。」七十歲以後，他真個能行所無事了。

寫至此，不由想起當年夏瞿禪恩師勉諸生的兩句詩來：「得失榮枯門外事，囊中一卷放翁詩。」即以此句為本文作結吧！

七十五年六月十一日於紐約

一棵堅韌的馬蘭草

──談談《馬蘭的故事》所顯示的道德情操

　　《馬蘭的故事》原名「馬蘭自傳」，是潘人木三十多年前繼《蓮漪表妹》之後的第二部長篇小說力作。二書都由作者用心改寫，由純文學出版社先後於民國七十四年一月與七十六年十二月，以嶄新面貌問世。使這兩部極具時代意義的好書，不致埋沒，實為萬千讀者之幸。

　　《馬蘭的故事》的時代背景，是從民國十六年左右九一八以前，經過八年抗戰，到三十八年左右大陸變色的這段期間。內容寫馬蘭自八歲至三十歲左右，從瀋陽、臺安而北平而臺灣，二十多年中所受戰亂流離之苦，加上不幸婚姻的掙扎；更包含了一段出人意表，催人熱淚的親情故事。

　　初讀時，我彷彿在讀一部曲折的奇情小說。為馬蘭的遭遇而不平，為她對父母的孝心，和包容惡人的愛心而感動，乃至哀樂難以自主。心潮起伏中讀畢全書，稍稍沉靜一段時間以後，再用手指點著一字不漏地從頭細讀。我除

了激賞作者的智慧才情所灌注於本書的藝術價值之外，尤不能不讚佩她那一份崇高的道德情操。

我認為作品所顯示的道德情操，是比技巧尤為重要的。因為一部真正好的小說，不只是以情節取勝，引讀者的好奇心或哭與笑，而是使你透過情節和書中人的一言一行，反覆深思那意到筆不到的含義而永遠難忘。至於對千錘百鍊的文字功力之欣賞，自是不在話下了。

我不是文學評論家，不會引用文學理論來品評一部小說。我相信一位誠懇的小說家，一定是由於胸中有一股「不能已於言」的熱忱而不得不寫，絕不是為要表現文學主張而寫。不賣弄技巧而技巧自在其中，故無需依傍什麼文學理論來予以詮釋。因此，我只就個人細讀本書的心得感想，隨筆寫來，期能與同文分享。

先將《馬蘭的故事》的內容，作個介紹：

馬蘭的父親程堅，帶著妻兒從瀋陽到臺安縣就任縣衙門承審之職。他因心中不愉快，將氣出在幼女馬蘭身上，怪她出生年月不利。給她取名馬蘭，表示她像馬蘭草似的無足輕重。

馬蘭天性純厚善良，孝敬父母，友愛姐弟，雖受盡嚴父責罵和兩個姐姐的捉弄而毫無怨尤。還儘量想討父親喜歡，願代慈母分憂分勞。

　　他們在大虎山下火車換乘篷車去臺安，趕車的鄭大海是個講義氣愛國的江湖人物，當過五天土匪立刻改邪歸正。他同程堅一路上談成好友，到臺安後，程家就在鄭大海家中住下，一住兩年。小兒不幸夭折，縣長太太乃邀程家搬進縣衙門居住。馬蘭因而常去監獄玩耍，發現獄中有個兇狠的死囚李禿子，也認識了大家都喊他「小日本鬼」的林金木。馬蘭一見他就覺得他像是她的弟弟。因相互扔接一把作廢的大鑰匙而成了好友。馬蘭發現他頸下吊的香包小老虎，他說要遵守逝世父親之命，到他二十歲時才能打開。這事在馬蘭心中一直是個疑團。有了金木的手足之情，馬蘭不再感到孤單寂寞了。

　　兩個姐姐進省城升學後不久，馬蘭也到縣城小學讀書，同學中有個萬同，還有個騎了「雪裡紅」馬來上學的縣長兒子黃禮春。

　　不久監獄發生暴動，原來就是死囚李禿子和黃禮春等勾結裡應外合。李禿子越獄逃亡，遺下無窮後患。

　　馬蘭奉父命與黃禮春訂婚，註定了她婚姻的不幸。

　　守法的程堅因妻子種大煙草憤而辭職，一家搬出縣衙門，住回鄭大海家。不久，嬸嬸也接馬蘭去瀋陽升學，她與金木從此分別，互贈禮物以留紀念。

　　九一八事變，日軍占領瀋陽，馬蘭離校返家探母，與

母親病危談話中，才知自己身世。

　　日軍大舉侵犯東北後，部分散兵與百姓組成抗日游擊隊，鄭大海任裕民軍第八大隊長。馬蘭任自衛團小老師。越獄死囚李禿子竟當了巡查。實際上是與共黨暗通聲氣，企圖阻撓游擊隊工作。

　　馬蘭與禮春匆匆成婚，奉父命二人同去北平升學，卻從此受盡折磨。禮春不許她入學，又偷去她的錢，她只好賣報維生。因勞累過度而小產，賴鄰居趙教授和萬同的照顧，倖免於死。

　　李禿子又來控制禮春，要他參加反政府的學生遊行。繼而指使他遠去南京，為共黨工作，丟下馬蘭不顧。

　　七七事變，萬同護送馬蘭去南京，到天津時，他不幸被日軍所捕，馬蘭只得折回北平。幸老父趕來探望，父女重逢，悲喜交集。

　　馬蘭繼續求學，畢業後教書。三十四年抗戰勝利，馬上又是共黨作亂。李禿子利用禮春去臺灣為潛伏份子，乃買船票供馬蘭夫婦到臺灣。馬蘭在臺北鄉間當小學老師。禮春在某單位工作。兩月後產子小復。不久巧遇萬同，喜出望外，即託他打聽林金木下落。

　　禮春偽稱去山地出差而離家，因事發為警方追捕，突與李禿子逃回家中，威脅馬蘭掩護，為馬蘭所拒。至凌晨

二人逃出，互起衝突，禮春擊斃李禿子，自己墮河而死。

　　由於萬同的協助，馬蘭終於見到了闊別十九年的林金木，也揭開他身世之謎。馬蘭終於找回童年時的知己，也獲得最寶貴的親情。

　　現在就本書所顯示的道德情操這個觀點，來談談書中人物。

　　先說程堅吧。在第二頁作者寫道：

　　無論在誰看來，我父親程堅是個規規矩矩的讀書人。行李上都貼著字體工整「程記」的標籤。

　　舊時代的讀書人，就有著讀書人的性格與骨氣。寫字一筆不苟，就表示做人一絲不苟。他在車站拒絕紅帽子幫他搬行李，不是吝嗇而是他節儉成性，凡事不願假手於人。他不許女兒買薰雞吃，是因他幼承庭訓，也要以此教導兒女。舊時代的父親，都是外表嚴厲，把慈愛深埋心底。這種情形，在我這樣年齡的人，回想童年時父親的神情，都可體味得到，因此讀來感受特深。也意味得到作者著筆之細膩。

　　程堅常責罵馬蘭是「廢物、討債鬼、討命鬼」。甚至要她拎著包袱在雨地裡追著篷車跑，使讀者都感到不忍而怪

　　程堅不公平。誰能知道他心中隱藏著一段不願表白的感情呢？幼小的馬蘭，卻深深體會到了。

　　不知怎的，每回我聽見爸唱，就要落淚，我恍惚領略到，他有許多隱藏的情感，不願表達。所以悲悲切切。但我滿身不祥，完全得不到他的歡心。不能分擔他的煩惱。（二四頁）

　　他的性格，馬蘭也深深了解：

　　爸的嘴似乎是生鐵鑄的那麼無情，但他的心未必同樣使人難忍。這是我在逐漸成長的歲月裡慢慢體會出來的。

　　程堅內心的感情秘密，在第五章鄭大海對馬蘭講的紅粳米故事中可以知道。他原是個極重然諾，講道義的君子，為了秦車把（車伕）救他一命，他就撫養了他三個遺孤。他特別呵護大二兩女，對親生的馬蘭反常加斥責。給她取名馬蘭是要養成她的謙卑心，「哪怕是棵馬蘭草，也要是有點小用處的人」。（三五頁）他對她愛之深，期之切的苦心，可從以後篇章中體會得出來。

　　例如他講謝道蘊的故事給馬蘭聽，馬蘭頑皮地說：「我可以說『彷彿蘆花滿天飛』」他噗嗤笑了。（一二三頁）表示出他嚴厲後面的慈愛。馬蘭洗衣服時玩胰泡，他看見了，只說了句：「這麼大了還玩肥皂泡。」我可以體會馬蘭當時覺得父親沒有罵她，就跟緊緊擁抱她一下一樣的快樂。

　　他送馬蘭去縣城上學一段，寫得極為生動。他要女兒朝學校相反方向的小橋走過去再走回來，當馬蘭小心翼翼地走回來，抱住父親的腿喊：「爸爸，我又到了。」他一直沒說話，嘴唇顫動著，注視橋下潺潺流水。他對她說：

　　我是要叫你了解，一個人如果想達到一個目的，一定要經過許多想不到的困難。

　　這是全書中惟一的一次，程堅對女兒正面的誨諭。
　　下面的一段話，尤為感人：

　　叫你過橋，也是想再聽你說：「爸，我到了。」你小時候走路比誰都晚，別的孩子會走路的時候，你只會爬；等會走，又總跌跤；從炕頭走到炕尾，費九牛二虎之力，到了炕梢，一定說：「爸，我到了。」像到了天上似的。他牽起我的手，牽到袖口裡面。（一二六頁）

　　寫父親文章最深刻感人的，在我印象中，有徐鍾珮的
〈父親〉，和林海音的〈爸爸的花兒落了〉與此段可以前後
映輝。

　　其後，為了馬蘭去瀋陽上學，程堅假扮啞巴車伕，把
她送到王家屯託給鄭大海送去大虎山，這一段又是劇力萬
鈞之筆。尤其是寫一隻黑蝴蝶繞著車子翻飛，襯托馬蘭離
家的寂寞。以及由鄭大叔說出啞巴車伕就是她的父親。馬
蘭的驚詫、頓足、後悔的一段，真是催人熱淚的父女情。

　　馬蘭去北平後，戰亂中，萬同護送她去南京，萬同在
天津車站被日軍所捕，馬蘭只得沮喪地折回北平，意外地
見到父親。這份悲喜，真個只能意會，難以言傳。益見得
作者落筆時情懷之溫厚，她總不忍使讀者也過於傷感吧。
作者如沒有這份溫厚情操，就不會有如此感人的佈局了。

　　程堅是個規規矩矩的讀書人，也是個守正不阿的法官，
平日判案無枉無縱。這一點，作者巧妙地從他妻子口中講
出：「不是說要保護沒罪的第一，判刑有罪的第二嗎？」

　　他因妻子種大煙而引咎辭職，搬出縣衙門，足見得他
心地的光明無欺。

　　他尤其是個民族意識極強的愛國者。日軍占領臺安縣
後，縣府張收發當了偽公安局長，要「提拔」他當書記。
他義正辭嚴地拒絕了。

「我做法官，做個清白的法官。我不做法官，做個清白的國民。誰也別想把我拉下去蹚渾水。」（三七六頁）

斬釘截鐵的口氣，現示了他凜然的風骨。讀聖賢書，所為何事，程堅於個人的出處進退是絲毫不苟的。

作者以語言行為，塑造出程堅這一個有骨氣的人，使讀者也不只是欣賞故事情節而已。

馬蘭的母親，作者對她著墨雖不多，但無言之美，正顯示了她的隱忍依順。對於一家之主的丈夫的權威，永遠是尊敬服從。這是舊時代女性一貫的美德，她也以此教導女兒。她對女兒的婚姻感到抱歉不放心，但還是勸諭女兒從好處想，盼望禮春能改邪歸正。她病危時對女兒說的話，正反映出她一生做事待人的原則：「這些日子，我想到的都是別人的好，不是別人的壞。」

凡是歷盡人生艱辛苦難的人，讀至此，或都將潸然淚下吧。

在母女最後一次談心中，馬蘭知道了兩位姐姐的身世，也知道自己才是惟一的親生女兒，更體會到父親對她「苦其心志」的一片苦心，因而越發心懷感激。

像這樣天高地厚的親情，作者以曲折的情節婉轉寫來，

如無一顆體驗入微的心，何能有此迴腸百轉之筆？

　　鄭大海雖然是個跑江湖的車把兒，但他有強烈的是非感，看不來臺安縣長的無能，兒子的依勢凌人。他愛國，痛恨日本鬼子。可是他不離嘴的煙袋，嘩啷啷的大鈴鐺，嚇得馬蘭當他是紅鬍子，但當她聽他說：「以前用槍做壞事，以後打算用槍做好事，把罪過補回來。」又覺得他由壞變好。馬蘭對鄭大海的感覺是由怕而討厭而恨，最後是她最最敬愛，最最依賴的鄭大叔。

　　看不到鄭大叔，聽不到他洗臉的聲音，像是丟掉了什麼似的。他就像我們家的守護神，有他，我感到安全。

　　日軍侵占東北以後，鄭大海與民兵組織自衛團，以游擊戰對抗敵人，出生入死，在所不顧，達到了他拿槍做好事，以贖前罪的願望，也發揮了他高度的愛國情操。作者寫這樣一個江湖好漢，描摹他的口頭，非常傳神。

　　「不管怎樣，我鄭大海是王八吃稱鉈，鐵了心了。」
　　「你們要打，我就打前陣。你們要退，我就斷後路。」
　　「他（指日本鬼子）不找我，我要找他。我這輩子就是喜歡聽個響兒。」（「聽個響兒」是他的口頭禪。）

　　他是正義的代表，和越獄逃犯、為虎作倀的李禿子是強烈的對比。「大鈴鐺」是他光明磊落的象徵。在全書中，前前後後出現有九次之多。

　　有一次馬蘭勸他把鈴鐺摘下，他說：「我才不摘呢。別人越是不做聲，我越是釘噹。做壞事的人，一聽到我的鈴鐺，就得遠遠而閃著。我老鄭可不是好惹的。」

　　鈴聲時常在馬蘭心中響起，尤其在急難中。當她被李禿子綑綁，苦思能找到一樣可以發出聲音的東西以警告自衛隊時，忽然想到「若是我腳下有個鈴鐺就好了」。（四二〇頁）暗示無論如何危厄，正義總在人間。讀至此，面對今日社會，不禁令人興「吟到恩仇心事湧，江湖俠骨已無多」之嘆。

　　林金木這個小日本鬼，是馬蘭心中的天使，是知音良伴，也是一片純真的手足之情。他給馬蘭的第一個感覺是：「眼睛特別亮，彷彿集聚了黃昏時刻所有的光線。」（八二頁）隱喻林金木是黑暗中的一線曙光，點亮了馬蘭的心。

　　她和金木由於扔接一把作廢的大鑰匙而認識，乃成推心相契之友。大鑰匙常為他們見面時的話題，也是他們友情的象徵。經過金木的觸摸，馬蘭覺得大鑰匙不再是廢物，它雖沒變成金子，但她和金木幾十分鐘的初聚，卻像賦予了它光彩，在它小小身體裡閃爍著。（八六頁）

　　「光」也在馬蘭心中閃爍著。有了金木的友情以後，她的感覺是：

　　　原本屬於我而被人奪去的什麼，已由他歸還給我。因此，我的面容光亮了，也較前美麗了。（一一五頁）
　　　知道自己在金木心中的地位，任何別人的褒貶都不足使我喜、使我悲。（一七〇頁）

　　無限崇高的知己之感。心如金石，作者卻故意以一把人人鄙棄的廢鐵鑰匙為喻。父親無心撿到時將它扔給母親，諷刺地叫她以它開啟地獄之門。母親將它給女兒避邪。而馬蘭卻寄望世間定有一個可愛的地方，用它去開啟。可見得鑰匙是金還是鐵，它開啟的是天堂還是地獄，端在一心。這一點是否作者的寓意呢？

　　馬蘭於去瀋陽讀書時，與金木珍重道別，贈給他的就是這把大鑰匙。十九年後重逢，大鑰匙依然無恙。是不是象徵「但教心似鐵石堅，天上人間會相見」呢？無論是親情、是友情，這一份堅貞，總是人間至高無上的情操。

　　金木曾捧給馬蘭一棵小棗樹。這棵幼苗，永植在她心田之中，給了她無窮啟示。「小棗樹」也是他們純潔情操的景象。無論歷經多少磨難，她永遠抱持一份青春向上的希

望。她覺得：「樹木、花朵、一切植物都對我別具意義。每見植物幼苗從地裡鑽出來，就感動得熱淚盈眶。」她也盼望著金木的突然出現。（四三九頁）

在母親病危時，她要到劫後的教養工廠廢墟中找回小棗樹，擺在母親窗臺上。在共黨進關時，她手植的心愛小棗樹已開過小綠花，死心塌地的等待結果子。是怎樣的一份期待啊？！

令人感動的是金木小小年紀，也許由於淒涼身世，他的深諳世情，超過成人。他像哲學家似的，時常愛說的一句話就是：「一切的事情，都有兩面，有壞的一面，也有好的一面。」馬蘭深深受他感動，也更有勇氣面對苦難。連她的好友也說過同樣的話。她與萬同在臺北意外重逢時，萬同就說：「一切的事有好的一面，也有壞的一面，不過永遠都有遺憾就是了。」（五一八頁）悵惘的就是人生總是打著迂迴戰啊！

萬同是馬蘭童年時代的同學，他的舅舅趙教授是馬蘭在北平的鄰居。二人在書中原都是陪襯人物。可是他們對馬蘭急難中的援助支持，充分發揮了中國人隆情高誼，古道熱腸的胸懷。足見作者在情節的安排上，都是掌握著這一貫精神的。尤其是寫萬同護送馬蘭自北平至天津火車上的一段，最是動人。萬同對馬蘭呵護無微不至，他買牛肉

乾給她吃，教她慢慢兒撕來慢慢兒咀嚼。馬蘭邊嚼邊欣賞車窗外的風景。這一段旅程，可以說是馬蘭飽經憂患後，一生中最最幸福的時光了。

　　作者寫萬同與馬蘭之間那一份高潔的友情，令人擊節嘆賞。寫他們在車站排隊時，馬蘭在萬同背後，不由得注意他的格子襯衫，大格子套小格子，想自己以後也要做一件這樣的襯衫穿。有意在急迫的等待中夾以輕鬆的心理描寫。繼而馬蘭又注意到萬同的高腰球鞋上兩塊黑膏藥標誌。黑膏藥球鞋忽然被分隔到另一行，然後不見了，象徵她的慌張與失落感。用這樣的筆法寫萬同的被日軍所捕，而避免正面實寫，可謂脫俗之至。

　　萬同的彬彬君子之風，與暴戾的黃禮春是強烈的對比，也使讀者由於萬同的善良體貼，暫時忘卻黃禮春的罪惡，代馬蘭感到一絲溫暖。這個對比，就為暗示人間原當充滿光明希望的。

　　萬同與馬蘭的友情，是林金木與馬蘭友情的陪襯。二者如清泉脈脈，相互輝映。最後以他二人與馬蘭的重聚作結。高雅的情調，予人以超越塵世的清明之感。

　　李禿子，這個卑鄙狠毒，陰險無恥的惡鬼，作者將他刻劃得入木三分。背後的主使人呼之欲出。黃禮春是他控制下如影隨形的可憐蟲。他懦弱無能，卻又兇暴殘忍。他

倆一直陰魂似的追蹤著馬蘭。作者運其如椽之筆，塑造這
兩個集罪惡於一身的典型人物，也塑造了包容一切罪惡的
馬蘭，作為強烈對比。是否為慨嘆人性善惡的無可奈何？
抑是藉著馬蘭的菩薩心，顯示她對世間惡人的憐憫，弱者
的同情呢？

　　現在，讓我們來看看主角馬蘭吧！

　　馬蘭從小是個受氣包，父親常常罵她「廢物、討債鬼、
討命鬼」。促使她小小心靈的早熟。她儘量想討父親喜歡而
不可得。她覺得：

　　那個車廂外的Ⅲ字，印在我心上，使我終身感到自己
　　彷彿是一節三等車廂。（二頁）

刻劃了馬蘭卑微的心理，也預示了她以後的坎坷。

　　對馬蘭溫厚善良天性的描寫，作者著墨特多。她愛弟
弟，願借壽命給他；看見犯人挑水，同情心油然而生，每
天用水都儘量節省；聽犯人腳鐐嘩嘩之聲，感到心靈受折
磨，但願他們有較好生活；她不怕挨打，只要媽媽不受屈，
姐姐們不受罰。兩位姐姐輪流欺侮她，像輪流舔著一塊糖
似的有滋味。遊戲時，連宮女都輪不到，永遠扮宮門前的
石獅子，一動不許動。（五○頁）她總是無怨無尤，反願多

替姐姐做事，感到是一份快樂。

弟弟死後，她連哭都怕引起母親傷心：

縱使哭泣，我也願意把眼淚拋向暗處，生怕它們在光
明裡閃爍。（四九頁）

她較快樂的時光是夜晚能躺在母親腳下，整個身心都
沉浸在安全的黑暗裡。母親給她粗糙的小手抹上如意膏，
又給她一塊芙蓉糕。她忍不住眼淚簌簌落下，以致噎塞不
能下嚥。母親勸她不要哭，她說：「我不是因為難過才哭，
我哭是嫌自個兒不好，什麼時候我才能變好呢？」

讀至此，我幾乎掩卷而泣。馬蘭的傷心，只為不能討
父親喜歡。這種心情，在今日的青少年是無法理解的。作
者寫的是小說，但她塑造了揉合舊時代女性美德於一身的
馬蘭，想要告訴世人，最大的容忍，也是最大的剛強。天
下沒有不是的父母。以程堅這樣嚴厲的父親，如生在今日，
恐怕馬蘭早已成了太妹了。

馬蘭與黃禮春訂婚後，明知他不肖，但她一片孝思，
生怕母親擔憂，在病榻前答應母親說：「媽，您放心，我會
慢慢把他變好！」她自始至終盼望禮春變好的那份執著，
作者寫得極為婉轉感人。當她深夜聽見李禿子逼禮春協助

陰謀而禮春有點猶疑時，她內心就萌起無限同情：

> 第一次，我感到禮春也是不幸的人，很想化做一縷月
> 光，跟他做伴。（四一六頁）

這幾句話，才真像一縷月光，溫柔地照耀著讀者的心。

馬蘭為了對父母守信，對婚姻始終沒一絲怨望，也從無離去禮春之意，還常為自己不能愛禮春感到歉疚。她雖思念金木，但在內心深處，總把他當親弟弟。對馬蘭來說，孝悌忠信，可說無一不全。

她和禮春的不幸婚姻使她的心太苦，作者乃安排了林金木給她一份純潔的友情，使她內心的苦樂得以平衡。我每回讀到她和林金木兩小無猜的歡樂時，就如於驚濤駭浪之後聽到九天仙樂似的，令我心安。也使我深深領悟，對知己的思念，是培植堅貞心靈的一股力量。

在抗日戰爭結束後，拋棄她八年不顧的禮春忽然回來，她仍然無怨無尤。只覺得：「八年的分離，沖淡了不愉快的記憶。受苦太多的人，總容易滿足。」我覺得作者已將佛家的慈悲和儒家的恕道精神，發揮到了極致。也就是本書所顯示的最崇高的道德情操。

馬蘭的美德，作者一直以「馬蘭草」作暗喻。如「父

親順手折了幾根馬蘭草，交給母親當繩甩兒給弟弟趕蚊子」，暗示馬蘭的卑微。從此「馬蘭草」三字前後出現十餘次之多，草蛇灰線，貫穿全書，一一象徵了馬蘭的心理狀態。她有時自卑到連在學校坐頭排都覺享受過分（一二七頁）；想到「有一天誰都不需要我卑微的效勞將如何活下去。」（二九五頁）有時又自慰：「遍地的馬蘭都像是我所擁有的，給了我一些勇氣。」（五一頁）父親認為她「往後頂多有馬蘭草的小小用途就好了。」（三五頁）母親卻認為「就算她是棵馬蘭草，也得像棵家裡栽的馬蘭草。」（一二一頁）對她很疼惜。

　　認識林金木以後，金木對她說：「說不定馬蘭草有法子變成馬蘭花，不顯眼的小花可以改大，改好看。」（一五七頁）給了她很大的啟示。她雖卑微而永遠有一顆向上的心。直到最後一章最後一行，「大鑰匙」上拴的不是細繩，而是：

　　……一片長遍東北的馬蘭草，它比青春更永久，比鋼鐵更堅韌，比太陽更溫暖。

　　筆力萬鈞，托出全書主旨。馬蘭是繞指柔，也是百煉金鋼。

　　讀者一定記得馬蘭在戰亂中剪去長髮穿男裝，跟鄭大叔學射擊，當自衛團老師，與鄭大叔一同見游擊司令與參謀，侃侃而談，勇敢又機智。也由於她親耳聽鄭大叔講妻兒被日軍殺害；親眼見學校的圖畫老師於瀋陽城陷落時被日軍削去手指；護送她出城的瀋陽車站職員，為了忘帶通行證被日軍砍殺；這些血淋淋的事實，越加激發她的愛國情操，也激發起讀者滿腔的同仇敵愾之念。馬蘭確實是由繞指柔成為百煉金鋼。

　　全書以人物的性格，和他們生存背景所造成的必然因果關係，加上錯綜複雜的親屬之謎，演進故事。寫出了善與惡的對比、剛與柔的調和、親情與友誼的慰藉、國難與家愁的折磨。本書給予我們的是兼有「壯美」與「優美」的兩種感受。

　　讀完全書，只覺滿心無奈。不能怪罪書中任何一個人。連李禿子與黃禮春也不忍心去恨了。

　　記得王國維在《紅樓夢評論》中談到人間悲劇的形成有三種：其一是由於惡人從中搬弄，其二是由於盲目的命運之支配，其三是由於人物之處境與彼此之間的衝突，不能自主。而以第三種最為可悲。

　　我以為本書的悲劇兼有了三種因素：馬蘭的不幸婚姻是由於她的認命。李禿子黃禮春是惡棍，加給她更大的痛

苦。但禮春的惡劣性格是由於他惡劣的家庭環境造成。李秃子是個逃犯，在異族侵略與共黨乘機作亂中，這類人海中的渣滓自然是被利用的犧牲品，思之亦復可悲。

因此，我認為《馬蘭的故事》一書，充分顯示了作者悲天憫人的情愫，在悲傷中卻啟示了一線希望。因為她最後的處理是兩個惡棍李秃子、黃禮春因相互格鬥，落水而死。象徵醜惡的靈魂，終必隨波濤而去，光明永在人間。萬同與林金木對馬蘭的高潔友誼是希望；林金木研究的紅粳米新品種是希望；馬蘭的新生兒小復是希望；曲終奏雅，給予讀者無限溫暖。

探討了本書的主題與情操以後，覺得作者深湛功力所表現的高明技巧實在有不勝枚舉的值得激賞之處。第一是她擅於運用伏筆，製造懸疑。而這些懸疑，有如明珠翠羽，閃爍於篇章之間，使讀者的感覺也敏銳起來，急欲一探究竟。慢慢地，謎底都將如剝筍似的，層層揭開，巧妙的安排，引人入勝。

小說的第一任務，究竟還是要吸引你讀下去。伏筆與懸疑，使前後文遙相呼應。正可以增加故事的曲折性，小說的可讀性。例如：第一章裡穿插一段程堅趕車，看是閒筆，其實是暗暗為程堅曾趕車運紅粳米作印證。也是二十一章他扮啞巴送女兒上學的伏筆。脈絡一線，細看就能發

現。

又例如程堅一家搭的是一〇二次班車，在二十六章他送女兒到大虎山，正好趕上一〇二次班車，以對比馬蘭前後完全不同的心境。凡此用心的伏筆穿插，不勝枚舉。

此外，作者尤喜以重複的事物，強調情景，象徵心情。這些重複的字眼，並不使你覺得多餘。反而像鑽石一般地增加文章的魅力。

最顯著的重複事物當然是「馬蘭草」，前文已引述，茲不再贅，「馬蘭草」之外，還有許多顯著的重複事物，譬如馬蘭隨身攜帶、卻與二姐身世有關的「富貴有餘」包袱皮。香嫩的「薰雞」；鄭大叔的「大鈴鐺」；鄭大叔送給馬蘭的「蟈蟈」。隱藏林金木身世之謎的「小老虎」，象徵他和馬蘭友情的「小棗樹」、「郵票」、「大鑰匙」等。作者都再三為之穿插了扣人心弦的情節。像編織一張精緻的網，環環相扣，絕無疏漏。足見她對全書佈局，早有成竹在胸。就連細小事物如「日光皂」、「灰水簍」、「陰丹士林大褂」等，亦著意不時點染，波光雲影，搖曳生姿。

編筐編簍，重在收口。本書的結局篇，作者寫來尤為婉轉多姿，卻又溫柔敦厚，哀而不傷，深得《詩》〈騷〉之旨。

馬蘭和黃禮春的一段孽緣已了，她從苦難中掙扎出來，

平靜地撫育襁褓兒。隆情厚義的萬同，為她從日本找回林金木，特地到鄉間把馬蘭母子接至臺北家中，先給她看金木的筆記簿。馬蘭讀後，才知金木已於滿二十歲時拆開她一直惦念在心的「小老虎香包」，明白了自己的身世。馬蘭此時的感覺是：「經過一生的風波，沒有一次是如此的苦樂不分。」

十九年闊別，恍如一夢，他們劫後重逢的這段對話，值得細細品味。

金木已成了農業專家，馬蘭誇他「小苗長成大樹了」。心中指的豈不是那棵「小棗樹」呢？這是隱隱中與前文呼應之筆。

金木告訴她，他研究的紅粳米新品種，即將發行紀念郵票。集郵是他們童年的共同愛好，紅粳米關係著金木身世。悠悠十九年的離合悲歡，都濃縮在一張小小郵票裡。是人生的巧合呢？還是作者巧心的安排呢？

馬蘭贈給金木的大鑰匙，由金木遞回到她手中。上面拴的繩子就是堅韌的馬蘭草。

至此，作者將書中再三重複提到的「小老虎」、「大鑰匙」、「紅粳米」、「小棗樹」、「郵票」、「馬蘭草」一一作了總結。真個是心細如髮。

他們的談話欲斷還續。當金木害羞地說還未結婚時，

二人相對無言。作者在此處忽插寫：「突然不知誰家放了一張歌仔戲唱片，哭聲下落如雨。」以此情節陪襯二人當時複雜心情，可謂神來之筆。

金木又悵惘地說：「什麼事都有好的一面，也有壞的一面。失去的就是獲得的，獲得的就是失去的。」這是他童年時代常對馬蘭講的兩句話。世間萬事原當作如是觀。林金木與馬蘭都領悟了，讀者也領悟了。

為了抒寫個人感想，我把一部七寶樓臺般完整的作品，拆得支離破碎，不成片段，深感罪過。本來一部好的小說，只可由心靈默默去感受，一落文字詮釋，就索然無味了。但我仍忍不住要說，《馬蘭的故事》是一部值得一讀再讀的好書。我們這些老一輩從同樣驚濤駭浪中走過來的人，讀此書時，重溫潘人木從她刻骨銘心的記憶中所描述出來當時的一切情景。重新體會一下那些受苦的人、勇敢的人、徬徨的人、迷失的人的心情，一定都將痛定思痛。尤其是面對今日的政治環境，社會情態，焉得不感慨萬千？

今天成長在臺灣安定康樂中的年輕一代，實在無從想像八年抗戰以及大陸變色那段時期，是怎樣一個波濤洶湧的大時代。作者塑造了馬蘭這樣一個集一切苦難於一身，而堅韌地承當下來，終成為百煉金鋼的女性，應體會她是用心良苦的。讀者們若將馬蘭所受的苦難，與自己所享受

安定、自由的幸福作一比較，一定會感到這份幸福的得來不易，就會格外知道珍惜。同時也會領悟：「那個背著沉重包袱上山的馬蘭，那個百煉金鋼的馬蘭，那個可能是創造這個時代，許多幸與不幸的人的愛人、母親或祖母的馬蘭」，（見本書序文〈當圍巾也嗚咽〉。）是多麼值得我們懷念和敬重。

　　有志於文學創作的年輕朋友們，若能多研讀這樣千錘百鍊的好小說，自當能分辨什麼才是真正有藝術價值的文學作品了。

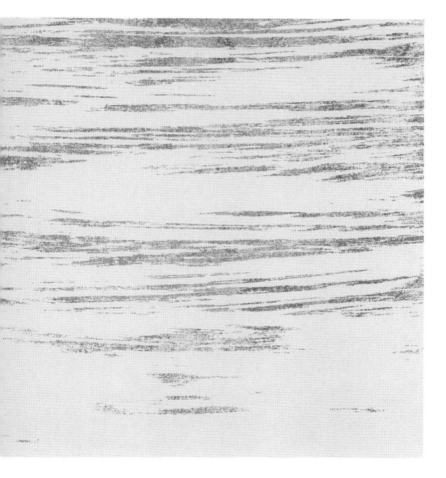

哥哥與我

　　剛開學，每一課都發了新書，翻一翻，好深啊。從現在起是中學生了，雖說免試升初中，但頂多只有一年的輕鬆，往後的功課就會越來越緊。「不拚命就考不取好的高中，考不取好高中就升不了好的大學。」這是爸爸、媽媽天天掛在嘴上念的。

　　哥哥在這個學校裡一直是第一名，現在已考取了臺北第一流的高中，離家去臺北讀書，好神氣啊。媽媽一說起哥哥來就眉開眼笑，一見我捧著武俠小說就皺眉頭，嘮叨個沒完。她越念我就越把功課丟得遠遠的。反正混完了初中三年，也上臺北，擺地攤去，或是在電影院門前賣糖果去。掙口飯吃總沒問題，運氣好還會發財呢。哪像哥哥，整天 K 書，苦死了。

　　我背著沉甸甸的書包，一路走，一路想，好歹輕鬆地混一年再說。走到家門口，知道爸爸坐在客廳裡看報，我就從後門溜進去。媽媽在廚房裡炒菜，我喊了一聲就直奔樓上自己的臥室，把書包往床上一扔，先扭開電視機，看

看有什麼精采節目。

「武傑，下來吃飯啦！」

我沒有回答，媽媽隨便什麼時候叫起我來，都是這股子氣急敗壞、連聲地喊。

「達仁，你去看看武傑在幹什麼？怎麼叫也不下來。」媽媽又小題大做地要爸爸幫忙了。

「好啦！我去叫。」爸爸走到樓梯口來喊：「武傑，馬上下來。」

我只好打開房門，慢吞吞地說：「我不餓嘛。」

「我不管你餓不餓，就是要你下來。你如果現在不下來，就在屋子裡呆一個週末，都別下來。」

爸爸說到做到，與他對抗只有吃虧的，我只好下來了。爸爸已坐在飯桌邊，我遠遠地在他對面坐下。

「你媽媽喊你，聽見沒有？」

「聽見啦。」我眼睛盯著香噴噴的菜。

「聽見了為什麼不答應？」

「我在做內丹功，不能開腔。」

「什麼內丹功？」

「老師教的，他說比外丹功還要好。」

「我沒聽說什麼內丹功。你小小年紀，用不著練什麼功，練練球、賽賽跑就好了。你哥哥這兩樣都是第一。」

　　又是哥哥第一了。你心眼兒裡可曾有我。我把頭低下去，本來被菜香引得有點餓的肚子又飽起來了。

　　媽媽把一樣樣菜擺好，邊盛飯邊說：「武傑，今天接到你哥哥的信。他說他好想家、好想你。他住在學校宿舍裡，已經交了好幾個朋友。他的功課很忙，但很喜歡學校的環境。」

　　「他真是個好孩子，一下子就能適應新環境了。」爸爸夾一大塊紅燒雞放在嘴裡，那份開心卻並不是因為雞的味道好。

　　「對了，他還參加了球隊呢。」媽媽又加一句。

　　我一聲不響，低頭大口大口地吃飯，把一塊雞頭骨夾起來又扔回碗裡，怎麼我總是夾不到好雞肉。

　　「吃相好一點。」媽媽瞪了我一眼，然後又繼續講哥哥，彷彿就沒有我這個人的存在。

　　我把氣憤吞下肚子，勉強吃完一頓飯，一直聽媽媽誇哥哥。話裡的意思，明明是「你怎麼就不像你哥哥？」

　　我總以為哥哥去了臺北，爸媽不會老拿我們兩個比了，沒想到情形更糟。哥哥來一次信，他們就念一次：哥哥這樣也好，那樣也好。我知道我若是離家出走，他們一定不會想我的。

　　　　×　　　　　　×　　　　　　×

　　第一天上英文課，老師點名，喊到我，我應了一聲「有」。

　　「你是楊文傑的弟弟嗎？」老師從近視眼鏡裡端詳著我。

　　「是。」我咧了一下嘴。

　　「啊，文傑真是個好孩子，他是我班上最傑出的學生。」老師眉開眼笑，那神情就跟媽媽提到哥哥時一樣。看來我無論在家、在學校，都得活在哥哥的陰影裡。

　　同樣地，數學老師、國文老師一直到體育老師都在誇楊文傑，我的哥哥。其實作為他的弟弟，我應該感到光榮。但是我卻感到膽怯又孤單。我知道自己的智力不及哥哥，功課不會好，老師卻偏偏要提哥哥，拿他跟我來比，我承受不了這份壓力。

　　我想自己唯一能勝過哥哥的，就只有勞作了。我喜歡用刀、用鋸，拿木料做各種小東西，而哥哥在這方面是十個手指頭拼在一起的。但我做出些小玩意，媽媽不但不誇我，反而罵我正經書不讀，做這些浪費時間。我只好把做好的迷你桌椅藏起來，連哥哥都不給他看。

　　有一次，小學的勞作老師稱讚我的手巧，把我的一件手工留校作成績，這是我一生最大的光榮了。當我告訴爸爸時，他微微點了一下頭說：「不錯，但還是功課要緊。升

了中學以後，就不要老是做這些東西了。」

爸爸把我的精心傑作叫做「東西」，真叫我傷心。

現在我已經是中學生了，中學一定不會重視勞作，我這一點才華也沒機會發展了。何況功課會比小學忙得多，聽說二年級以後，天天都會有測驗，月月都有考試，把人都烤焦了。哪還有興趣、時間做我的手工藝品？

但我卻忽發奇想，在剛剛開學、功課還不太忙時，好好地製做一個藝術的架子，擺我的全套音響，下面有抽屜，可以放錄音帶和唱片。我先把圖畫出來，再用積蓄下的零用錢去買材料。腦子裡一直想著該怎麼做，上課都沒心思聽。等到上勞作課時，李老師定定地看了我半天，忽然問我：「你哥哥是不是楊文傑？」

又是問我哥哥，我沒精打采地點了點頭，反問他：

「您怎麼知道？」

「好多老師都對我提起楊文傑。在我的勞作班上，他卻不是個出色的學生。」

只有這句話，我聽了很高興。哥哥也有不如人的地方。可是他馬上說：「你哥哥每門功課都好，你也要努力。」

李老師看起來很和氣，我索性對他坦白地說：「我不喜歡讀書，只喜歡勞作。」說著就從書包裡把畫好的圖樣拿出來給他看，他看了連連點頭說：「很好。你很有設計頭

腦，好好地做，我想你的作品可以在校慶學生成績展覽會上展出。」

我聽了好高興，難得遇到這樣和氣的好老師，不像其他英文、數學老師，總是繃著臉。老實說，這兩門課，我已經翹課好幾次了。我知道遲早級任導師會找我談話的。

果然，級任導師把我叫去訓了一頓，還打電話告訴了爸媽。我一回到家，爸爸就對我吼：「武傑，你打算把我們氣死是不是？你怎麼一點也不像你哥哥。」

我一聽就氣上心來，頭也不擡地跑上樓，把房門砰的一關，這就是我最大膽的抗議了。「我就是我，我為什麼一定要像哥哥？」我在心裡大喊。

第二天，校長把我喊到辦公室，問我為什麼英文、數學兩課，不是翹課，就是遲到。我哪裡說得出理由，只好呆呆地站著。奇怪的是翹課遲到的不止我一個人，為什麼老盯住我呢？一定因為我是楊武傑，我的哥哥是楊文傑。果然校長開口了：「你哥哥是模範生，你知道嗎？老師們都說你長得很像哥哥，又聰明，你要肯好好用功，一定也跟你哥哥一樣，出人頭地。」

我在心裡說：「我幹麼一定要跟哥哥一樣？我會的，哥哥還不會呢。」但我懶得開口。校長蠻和氣的，訓完話，我行個鞠躬禮就走出來了。看見教勞作的李老師對面走來，

看看我，又看看校長室的門，對我笑了一下說：「怎麼樣？又請吃大菜啦！」「吃大菜」是李老師特別講給我聽的「術語」，他說他做學生時也翹過課，常被導師請去吃大菜。吃大菜是他那時學生的流行話。我倒覺是蠻有趣的。

李老師忽然一本正經地說：「武傑，你的情形，我倒想跟你爸爸談一談了，雖然我並不是你的級任導師。」

我覺得很意外，也有點生氣，就說：「你要跟他談就跟他談好了，我不在乎。」

我一扭頭走了，沒想到看來開明又和氣的李老師，也跟其他老師一樣，只重視家長而不關心學生的興趣，他還說我手工做得好呢。

放學後，我提心吊膽地回家，準備聽訓。開門進去，卻見媽媽臉上笑咪咪的，我略微放了心，八成李老師還沒和爸爸聯繫，或是來過了，媽媽在忙裡忙外不知道。第一關算是過了，正待繞過爸爸書房，往樓上跑，爸爸卻喊住我說：「武傑，你進來。」

我的心像打鼓似地跳，原來李老師來過了。這下子，我只有硬著頭皮走進去，站在爸爸面前，眼觀鼻、鼻觀心，一言不發，等待發落。

「今天下午，教你勞作的李老師到家裡來了。」

我沒有擡眼看爸爸，相信他的臉色一定是鐵青的。

　　「李老師人很和氣，我們談了很久。」爸爸的聲音一點不嚴肅，我有點奇怪，偷偷地看了他一眼，他的嘴角居然掛著笑。李老師究竟來跟他說了些什麼呢？

　　「李老師誇讚你在手工藝方面有很高的天分，問我是怎麼啟發你的？」

　　我心裡好笑，爸爸不洩我氣都是好的，哪有什麼啟發，我卻壯著膽子問：「您怎麼說呢？」

　　「我說，你們兩兄弟，性格、興趣各有不同，我都由你們自由發展，沒有什麼特別的啟發。」

　　「他有沒有說哥哥在學校裡是模範生，個個老師都喜歡他。」

　　「他沒有提，倒是我說你哥哥知道用功讀書，你喜歡做手工，他就笑了，他說他從小也是喜歡手工，不愛讀書，一樣地一帆風順，師範大學畢業當老師，活得快快樂樂。」

　　我越聽越開心，膽子也越來越大了。不禁大聲地問：

　　「爸，您覺得李老師的話有道理嗎？」

　　「有道理，有道理。」爸爸還連連點頭，笑得更開朗。我簡直不相信我的耳朵、我的眼睛，簡直是日頭從西邊出來了。這時媽媽正端著菜走進來，她的眼睛只顧望著桌子，卻說：「現在不要訓他了，先吃飯吧！」顯然她沒有看見爸爸臉上的神情。我連忙說：

「媽，爸今天沒有訓我，爸在跟我聊天呢。」

「那就好啦，邊吃邊聊吧。」媽媽也看見爸爸在笑了，有點驚奇地問：「李老師跟你說了些什麼呀？我只顧忙，沒有出來招呼。」

「李老師特別來告訴我，武傑的手工藝做得好。他打算在今年學校校慶時，開個全校同學手工藝品展覽，武傑的作品一定是最出色的。他還要武傑給閱覽室設計一個別緻的小桌連書架呢。」

「李老師對我說過了。」我得意地說。

「怎麼你沒對我們提起呢？」

「有什麼好提的？你們不是一直沒看重我的手工嗎？你們不是一直想著哥哥樣樣都比我強嗎？」我借此發點小小的牢騷。

「這孩子，我只不過是擔心你在手工上花的時間太多，來不及做功課呀！」

「李老師真有意思，他說才藝是有遺傳性的，問我當年是不是也喜歡敲敲打打做東西。我倒是想起自己在小學時，家裡很窮，簡單的書桌與書架都是自己拿木頭鋸了釘的。」

「真的呀？您怎麼從來沒說過呢？」我驚奇地喊。

「當初也沒哪個誇過我。我一心只想讀書，只因家窮，

中學都是斷斷續續地念。卻夢想著能當大學生，總覺得只在村子裡打打雜工是不甘心的。所以盡力爭取讀書機會，好容易能在專科學校畢業，當一個穩穩定定的公務員。現在你們兩兄弟能有這樣好的讀書環境，我就格外地熱切盼望你們能出人頭地了。」

「爸爸，您放心，我以後一定不翹課、不遲到。但絕對趕不上哥哥拿第一名，您跟媽媽可別又拿我跟哥哥比喲。」

「不比了，你的手工藝就比你哥哥強多啦。」停了一下，爸爸又沉思似地說：「自己親手做出來的作品，摸摸看看，確實是另有一種味道。李老師說得對，行行出狀元，我不能照自己的心意期盼你成怎樣一個人。」

「爸爸，我若是在手工藝方面拿到第一名，那才是照了您的心意呢！因為我有您的遺傳呀。」

媽媽把我摟在懷中，笑得好開心。

×　　　　　×　　　　　×

到了學校裡，我精神抖擻，無論英文、數學等課，都覺得有興趣起來。快放學時，李老師在勞作室門口等我，笑盈盈地問我，昨天回家，爸爸跟我說了什麼？我說：「李老師，真謝謝您，爸爸給我吃了一頓最豐盛的大菜。」

「我說嘛，大菜是有各種不同的滋味的，看你今天精

神百倍，我好高興。」李老師和我心照不宣，但他又補了一句：

「現有一件最重要的事，你別忘了為閱覽室設計一張別緻的書桌連書架喲。」

「OK，不會忘，可是我也得背英文和做數學習題，免得老師們又說：『武傑，你怎麼不像你哥哥楊文傑呀！』」

做　媒

　　瑞珍心直口快，樂於助人，可是她自己說她是個不吉利的人，凡事經她一插手就搞糟。幫助別人的事，不是吃力不討好，就是好心變惡意。所以她有點心灰意懶，想從此以後，再也不管別人家閒事了；可是對於玉琴呢？卻是例外。她們是十多年的老同事，彼此無話不談，情同手足，玉琴得她的照應可真不少，事事都要和她商量。但也是好多次把事情搞糟，她懊惱得說連玉琴的事也不想管了。有一次，她給一個朋友的女兒做媒，雙方一見鍾情，就訂了婚。誰知就在要迎娶的一個月裡，新郎忽然得了一種怪病，連發了一星期燒，就此一命歸天，新娘子成了望門寡。她不怨自己命不好，卻怪在媒人頭上，從此不再理瑞珍了。

　　這件事過去還不到半年，瑞珍做媒的癮又發了，這次她是要給玉琴做媒，玉琴是個三十八歲的未婚女子，來臺灣以後，一個男朋友都沒交過。在大陸上她原有個知心的好友，將論嫁娶時，卻因變亂分了手，十多年沒有音信。她在辦公室裡，跟男同事們都很少說話；覺得自己望四之

年，深恐被旁人視為怪物，所以越是沉默越好。比她還小五歲，已經兒女一大群的瑞珍，卻暗暗替她著急，「玉琴，快四十的人了，不說生男育女，將來總得有個老伴兒呀。」她說。

有一天晚上，瑞珍興沖沖地來到宿舍，話還沒說，就掏出一張男人的照片給玉琴看。玉琴無可奈何地笑笑說：「你又來了，二十世紀九十年代了，還用照片相親。」

「你這麼保守，也只有這個法子；你且看看這人，額角四四方方、五官端端正正，最難得的是人品好。」

「而且又有事業基礎，在某進出口行或貿易公司當經理是不是？」玉琴一面嘲笑地替她接著說，一面卻不由得用眼睛仔細端詳。這個人確實是長得端正大方，一看上去就是個正派人；最奇怪的是他有點面善，原來他竟有幾分像她大陸上那個沒有音信的男友。她把照片拿在手裡，問瑞珍：「他是誰？你怎麼認識他的？他今年幾歲了？在那兒做事？」

瑞珍難得聽她問這麼大串的具體問題，就大大地高興起來，把這人做了一番詳盡的描述。她說他今年四十八歲，比玉琴剛剛大十歲，是恰當的年齡。是某機關一位單位主管，薄有積蓄，為人誠懇，又有才幹。只是一樣，他在大陸上還有一個生死不明的妻子；他為了她守了這許多年，

沒有一點音信，朋友們都勸他得有個家，他才動了這個念頭，玉琴一聽就連連擺手說：「不談了，瑞珍，大陸上有妻室的人，還談什麼？」

「多少人都是這樣的，結了婚，就不算什麼問題了。你也別太固執，先做做朋友；如有緣份，有了感情就自然不考慮那些了。」

不知怎麼的，被瑞珍的三言兩語說得她動了心。

在臺灣十八年來，她的心可以說是一片止水，也絲毫沒有為自己的孤單老大擔過憂。可是自從結交這位照片上的男子許子天以後，她陡然感到十八年的歲月寂寞得冤枉。一半是由於他的溫文體貼，一半是由於他真的有點像她原來的男朋友。也許人的感情埋藏過了中年，就會像陳年老酒似的，越香越烈，打開瓶口，香氣四溢，便再也無法收拾了。他們彼此都覺得相見恨晚，很快就談到嫁娶了。

除玉琴本人以外，最高興的要算瑞珍；她眼看他們將成眷屬，而她就是大媒人，這以後她將變成最吉利的人了。

他們忙著佈置宿舍，買家具，一切就緒以後，就選定一個吉日，打算在法院公證結婚以後，只請雙方的至親好友熱鬧一番，就去南部度蜜月旅行。

玉琴累得腳跟都疼了，瑞珍更為她忙得團團轉；大家都心花怒放，幸福這麼快就降臨到他們身上了。

　　玉琴在嶄新的梳妝臺面前坐下來，對著鏡子，看自己雙頰微紅，兩眼發光；三十八歲的女人，怎麼如此容光煥發？愛情真是奇妙的東西。

　　子天走來默默地站在她身後，雙手按在她肩上。她在鏡子裡深情款款地望著他，他兩鬢已微現白髮，可是卻白得這般可愛。玉琴柔聲地說：「子天，我再也沒想到打算打一輩子單身的人會遇見你。」

　　「我也一樣，我原不打算再結婚的。」

　　「你大陸上的人不會再有音信了吧？」她問這話的心情很矛盾，有點幸災樂禍，也有點內疚。

　　「別再想這事，我們都是問心無愧的人。」他緊緊捏著她的手，幸福像葡萄汁似的，浸潤著她全身。

　　這一夜，她沒睡得好，是太興奮——。她一向有一個毛病，凡是太順利、太快樂的事，她就會莫名其妙地惴惴不安起來；深怕那是一場夢，馬上就會驚破似的。也好像眼望著一縷彩虹，轉瞬間就會消逝。然而，許子天是個實實在在的人，他們相遇了，摯誠地相愛著，而且馬上就要結婚，她還用得著擔憂什麼呢？

　　一大早，子天突然來了，一副失魂落魄的神情。她一看就知道有什麼事不對勁了。

　　「你怎麼了，子天？」

「玉琴，叫我怎麼說，怎麼說呢？」他眼中充滿淚水，掏出一封揉縐了的信，遞到她手裡。「一封香港朋友的來信。」他期期艾艾地說不出話來，昨夜她神經過敏的擔憂一點沒有錯，意外的事情真的發生了。

「是你太太逃離大陸，到了香港了是不是？」她直截了當地問他。

他低下頭，一聲不響，顯得毫無辦法的樣子，鬢邊的白髮都像一下子增加了。

「她怎麼打聽到你的？」

「到了香港，從朋友處輾轉聯繫上的。」

「明明是那邊有意把她送出來的，你在臺灣的身分工作，他們一定清楚。現在你打算怎麼辦？」她渾身冰冷。

他只顧低著頭，一言不發。

「子天，我們總算還沒結婚，來得及的。」

「玉琴，你的意思是……」

「那還能怎樣？」她咬著嘴唇，吞下一大堆話，一大堆淚水。

「總算幸運，還沒有鑄成大錯，這是我內心一直擔憂的事，現在水落石出了，倒也痛快。」玉琴辛酸而微帶著調侃地說。

「可是，我們一切都已決定，法院的公證都已去登記

了。」

「法官是絕不會為不合法的婚姻作證的。你難道不知道嗎？去註銷吧。」

二十年來，她已經磨鍊得非常理智；如此意外的大打擊臨到自己頭上，她卻像處理別人家的事似的，一五一十說得斬釘截鐵。子天卻呆若木雞。她才知道，一個男人遇到感情理智交戰時，會軟弱寡斷到如此。她真懷疑他是不是曾經真心愛過她。

她立刻想起了瑞珍，這個不吉利的人，只要是她做的媒，從頭就不會有成功的希望。她對自己苦笑一下，解嘲似的對子天說：「你還發什麼呆，快設法給她辦手續。你的身分證上沒有妻室，現在總算真正團圓——。」

「啊！玉琴，我……」他雙手蒙著臉。

「不用多說了，一切我都諒解，你現在走吧，我要靜一下。」

子天遲遲疑疑地走了。

不一會，瑞珍來了，捧了一束紫色的玫瑰花，花心上露珠晶瑩，玉琴一看見這束帶露的玫瑰，忽然一陣心酸，淚水忍不住湧了上來。

「玉琴，你怎麼啦，高興得哭起來了？」瑞珍吃了一驚。

「瑞珍，你忘了你是個不吉利的人嗎？」

「你說什麼？」

「經你幫忙的事都不會有完滿結果的，我和子天的婚姻也一樣，我們吹了。」

「你發瘋了。」

「一點也不瘋，他大陸上的太太來了，想不到吧。」

「我的天。」打算插瓶子的玫瑰花撒落了一地。

「不要懊喪，瑞珍。人家別離十八年的夫妻團圓是件喜事，我們還能不替他們高興嗎？」

「玉琴，這，這怎麼辦？」

「有什麼怎麼辦，我算是做了場夢，現在夢醒了，你該替我高興。」

「替你高興？」

「可不是嗎？我依舊是無家一身輕。過我的單身宿舍生活。結婚又有什麼好？」

「玉琴，我這個人怎麼這麼倒楣，我當初實在不該管這件事的。」

「記住，以後再也別給人做媒了，因為你實在是個不吉利的人。」玉琴擦去了眼淚，俯身撿起一朵朵撒落在地上的玫瑰花。

貝貝與螞蟻

　　一大早，貝貝在睡夢中覺得手膀刺痛了一下，醒過來了。她沒有爬下床去喊媽媽，自己開亮電燈看看，究竟是什麼蟲子咬了她。床鋪乾乾淨淨的，怎麼會有蟲子呢？她仔細一看，原來是一隻黑黑的螞蟻。在被子上爬呢。貝貝怕許多昆蟲，但是不怕螞蟻，因為她知道螞蟻是益蟲，媽媽還講過好幾個螞蟻的有趣故事給她聽。所以她對螞蟻很有好感，絕對不去傷害他。她爬起身來，輕輕地把螞蟻捉起來，放在手心，低聲問道：「螞蟻，你為什麼要咬我？」

　　螞蟻被貝貝一捉，有點暈頭轉向，掙扎了一下，才站定下來，昂起頭回答：「因為你壓到我了呀！」

　　「你聽懂我的話啦，你也會說話呀？」貝貝驚喜地問。

　　「當然會囉，我天天聽你們人類嘰嘰喳喳的說話，就學會啦。」

　　「那真好有意思，我們可以談天了。你為什麼要爬到我床上來呢？」

　　「我來找吃的，你床上有巧克力香味，有餅乾碎末，

我是先來探路的。」

「呀！是我沒有聽媽媽的話，在床上吃了巧克力夾心餅乾。」

「這就是啦，你還差點把我壓扁了。」

「真對不起，我睡著了不知道。」

「我也不是存心咬你的，我不能不自衛啊！其實我們螞蟻是最最愛好和平的。」

「我知道，而且你們很勤奮，又合作。你們搬運吃的東西，從來不在路上歇下來自己先吃。」

「那當然囉，我們要同心協力的把食物搬回家儲藏起來，以備冬天不能出來時吃呀。你們人類不也都互助合作嗎？」

貝貝想起媽媽和老師對她說的話，大家要相親相愛，相互幫助。就點點頭說「是啊！」但她馬上又想到學校裡有些同學會跟別人吵架，有嫉妒心。她心裡有點難過，但她不願意對螞蟻說，說出來太丟人了。她卻問道：

「你要找吃的，應當去廚房找呀。」

「我當然也去過啦，但你們的廚房地上桌上都沒有留下糕餅屑或其他食物，總是乾乾淨淨的。而且廚房是個危險的地方。人們不是拿毒藥噴射我們，嗆得我們死去，就是一掃帚掃得我們陣容大亂。抖在泥地裡弄得我們連家都

找不到。更妙的還有人用吸塵器吸我們，那玩意雖不會殺死我們，但那一陣子強烈的旋風真叫我們受不了。」

貝貝咯咯地笑了。她說：「我媽媽從不對你們噴毒藥，爸爸有時會用吸塵器。媽媽總是很細心地把你們一個一個捉起來，放在紙上，送到門外去。但是你們也好頑皮啊，一會兒又爬進來了。」

「你爸爸媽媽都是很仁慈的人。但請你告訴他們，我們螞蟻也有生存的權利，也要找吃的。為什麼廚房成了你們人類的禁地呢？」

貝貝被問得呆住了。螞蟻又嘆了口氣說：「你知道嗎？在這幢房子沒蓋起來以前，這裡原是我們的地方。人類為了自己要蓋房子，就把我們的窩統統給挖了。幸得我們又千辛萬苦地找地方重建家園。但偶然爬到人類的禁地，冒險找點吃的，還被人類趕盡殺絕，真是不公平啊！」

貝貝聽得心裡很難過，卻不知怎麼說才好，就問道：

「現在你們的窩在哪裡呢？」

「就在你院子牆腳一株玫瑰花樹下。我們的洞很深。」

「這樣好嗎？我每天放些好吃的東西在你們洞口，你們很快就可啣回去，就不必辛苦和冒險了。」

沒想到螞蟻卻搖搖頭說：「謝謝你的好意，我們不要這樣不勞而獲，我們這許多工蟻就是要辛勤工作的，這是我

們生存的原則。相信你們人類不也是不喜歡享現成福嗎？」

貝貝點點頭，心裡卻有點慚愧，因為她有時會懶惰地依賴大人，享現成福，聽小小螞蟻這麼說，她真要格外自我勉勵了。看貝貝像在想心事，螞蟻把一對觸鬚向她擺了一下說：「我要回去了。貝貝，我知道你名字叫貝貝，你就叫我甲組一號吧！」

「甲組一號？」

「是呀，我是探察隊，乙組是搬運隊，丙組是工作隊，丁組是耕耘隊，戊組是守衛隊。」

「哇，原來你們分工這麼細呀。你們有一個大王是不是？」

「我們不稱大王，那是你們人類給的名稱，他是我們的族長，我們都很服從他的指揮。」

「真有意思，我可以到你們的洞裡看看你們大家，拜望你們的族長嗎？」

小小的螞蟻抬起頭來，把貝貝仔細從頭看到腳，搖搖頭說：「你太大了，進不了我們的窩，讓我回去報告族長，看他有沒有什麼法術把你變小，由我來帶你進洞去。」

「那太好了，我等你的消息。」貝貝把螞蟻放回床單上。

「我走了，再見。」螞蟻連連擺動他的兩根觸鬚，跟

貝貝說再見。貝貝看著他往床腳柱子爬下去，很快地從牆邊縫中爬走了。

貝貝興奮地起床，跑到媽媽房間裡，連聲喊：

「媽媽，媽媽，我要告訴你一個奇蹟。」

「什麼奇蹟？」媽媽知道貝貝一向喜歡幻想，她一定又在幻想出什麼稀奇事兒來了。

「媽媽，我跟螞蟻說話了，我們談得好開心啊！」

「貝貝，你是做了一個夢吧！」媽媽拉著貝貝的手說。

「不是做夢，是真的呀！我把螞蟻捉在手心裡，我們就談起天來了。」貝貝把她和螞蟻的對話從頭說了一遍，媽媽邊聽邊笑，聽到貝貝說螞蟻要帶她進洞去，她笑得更大聲了。她說：「貝貝，你一定是卡通片看得太多，幻想越來越豐富了。」

「媽媽，我不是幻想，是真的。」貝貝好急，「螞蟻要帶我去拜訪他們的族長，參觀他們的大家庭。」

「好，好，等你明天去過螞蟻家，再告訴我詳細情形吧！」媽媽愛憐地親了下貝貝，勸她快洗了臉吃早餐。

貝貝沒有心思吃早餐，一心想著怎樣去螞蟻的家。她吃了一口媽媽親手做的香脆餅，就馬上想起勤奮的螞蟻甲組一號。她真想扒一點脆餅放在角落裡，等甲組一號帶隊來搬運。但她又擔心媽媽的腳會踩到他們，爸爸會用吸塵

器吸他們。她就不敢放碎末在地上了。為了媽媽不相信她和螞蟻談過天，心裡好急。她認為世界上為什麼沒有奇蹟出現，就是因為大人們不相信有奇蹟。可是貝貝是確確實實相信的。因為螞蟻在她手心裡動來動去那份癢絲絲的感覺，和他昂起頭來跟她說話的神情，是千真萬確的。

那麼她就等著明天甲組一號來，帶給她族長請她去的好消息吧。

　　　×　　　　　　×　　　　　　×

第二天早上，貝貝一睜開眼睛，看見一隻螞蟻已經爬到她枕頭邊上來了。她高興地喊：

「你是甲組一號嗎？」

「不是我還有誰？你怎麼只一夜就認不得我了。」

「你們長得實在太像了，叫我怎麼分得出來？」

「其實我們每隻螞蟻都不一樣，我們的族長很大很壯。他整天在大堂發號施令，分配工作非常公平。」

「對了，你報告他我想去你們那兒，他有什麼辦法呢？」

「告訴你好消息，他教我帶給你一個簡單的咒語，你一唸就會變小，小得跟我一樣。」

「真的呀？什麼咒語？」

「只有六個字：就是南無阿彌陀佛。」

「這是我媽媽天天唸的呀，她一不小心踩到你們，就會唸阿彌陀佛，她只唸四個字。」

「要唸六個字就會變小了。」

「變小以後，會不會再變回來呢？」

「當然會，爬出洞以後，只要再唸一遍，就變回來了。」

貝貝閉上眼睛，虔誠地唸「南無阿彌陀佛」，她真的變成跟甲組一號一樣大了。她開始從床緣爬到地上，都覺得好長一段路。甲組一號在前面帶路，爬出大門，爬過草地，就像穿過森林似的。跨過一塊石頭，就像爬過一座山，貝貝覺得好累啊，才知道螞蟻有多辛苦。

「小心，快蹲下去，蟋蟀來了。」甲組一號警告道。

為什麼要怕蟋蟀呢？貝貝心裡想。抬頭一看，原來那隻蟋蟀比他們的身體大了幾十倍，她嚇了一跳，趕緊伏在草叢裡，連氣都不敢出。幸得蟋蟀一個蹦跳就從他們頭頂跳過去了。

「哇！我真沒想到蟋蟀會這麼威風。」貝貝不禁嘆了口氣。

「你現在該知道，當你變得很微小的時候，在你眼裡看出去，什麼都不一樣了。我們螞蟻在這個充滿偉大事物的世界裡生存，總是步步為營，格外小心。儘管如此，我

們每天出巡或搬運糧食，總有很多同伴死亡。這是沒有辦法的事。你們人類即使不是故意殺害我們，但死在你們腳下的，真不知有多少了呢。」甲組一號的聲音變得非常淒涼，貝貝心裡好難過，卻感到無可奈何。

爬著爬著，已經進入洞口，貝貝四面一看，覺得裡面好整齊，好清潔。卻聽甲組一號介紹道：

「這是第一層，是我們探察隊和搬運隊住的，下面第二層是糧食儲藏庫，第三層是田地。」

「還有田地，你們還會耕作呀？」

「當然囉，搬來的糧食，是不夠吃的。我們唧了新鮮的穀子來種，長出來就只吃一點點，捨不得呀。」

「我真是一點都不知道。」

「我們螞蟻個個都是勤勞地工作著。像我吧！發現有糧食，小的就自己唧回去，大的就趕回去報告，有時帶了搬運隊來，糧食已被別個家族的搶先搬運了。那我們就會展開爭奪戰、拉鋸戰。每隻螞蟻，都得唧著十倍於他體重的糧食呢！」甲組一號得意地說，貝貝都聽呆了。

「讓我去報告族長，他在最裡面的一個廳堂，你跟我來。」甲組一號帶著貝貝往裡走。忽然一隻雄赳赳的螞蟻攔住去路說：「一號，你怎麼帶這隻特別的爬蟲來了？」

貝貝心裡想：「我不是爬蟲，我是人啊！」但她不作

聲，卻聽甲組一號說：「請你報告族長，我帶了一位朋友
來，是族長同意的。」

　　族長聞聲從裡面出來，大聲問道：

　　「甲組一號，你帶了朋友來了？」

　　「是的！族長，她是個愛好和平的好女孩，我們已經
成了朋友。」

　　族長一聽到「愛好和平」就高興起來了，他一直希望
的就是大家和平相處，不要有紛爭，不要有殘殺死亡。他
仔細注視著貝貝，貝貝也注視他，覺得他比甲組一號大多
了，怪不得當族長呢，他頭上的一對觸鬚高高翹起，非常
氣宇軒昂的樣子。人類都稱他螞蟻王，真有點像大王呢。
貝貝馬上向前有禮貌地說：

　　「族長先生，謝謝你教我那六個字的咒語，我才能進
到你們這裡來。」

　　「是啊！南無阿彌陀佛。這是佛菩薩的名號，只要虛
心地唸，法力無邊。這不是咒語，你媽媽不是天天都唸嗎？
我們一聽到這個名號，就很安心。所以你想來這裡，我就
想起請你這樣唸。」

　　「族長，她就住在地面上那幢房子裡。她要參觀我們
的大家庭。她的名字叫貝貝。」甲組一號報告道。

　　「很好，但是貝貝小姐，都是你們蓋房子，把我們的

家挖掉了，害得我們要重新再建立家園。」

「對不起，族長先生，我實在不知道，我一點辦法也沒有。」

「我們也不怪你。生存競爭本來就是很激烈的。你們也要有地方住呀。」

「族長真是有廣大心胸的人。」貝貝心裡想，他比我們有些人還講道理呢。貝貝真是很慶幸能見到他，就高興地說：

「族長先生，我知道你們找尋糧食，搬運糧食非常辛苦，尤其是有許多時候，你們常被人類傷害，有的是無心，有的是有意。但無論如何——總是很危險的。你的家族和我是這麼近的鄰居，讓我們來個和平相處的協定好嗎？」

「和平相處的協定，那真是好極了，怎樣協定呢？」

「我每天拿些糧食放在你們洞口，你們很快就可以搬進來，就不必那麼辛苦，冒那麼大的危險了。」

還沒等族長回答，甲組一號馬上說：「貝貝，我不是跟你說過，我們寧願辛苦、冒險，也不願不勞而獲嗎？」

族長把一對觸鬚一抖，很威嚴地說：「甲組一號說得一點不錯，我們全體都是勤勞工作的螞蟻，不願坐享其成，若是你把糧食放在洞口，我們的工蟻就變得無事可做。探察隊也不必出去探察，他們就會一天天懶惰了。所以你這

個好意，我們不能接受。」

　　貝貝的第一個建議被拒絕了，感到很不好意思，但她很欽佩族長自食其力的訓條，和全家族的同心合作。於是她又想了一下說：

　　「這樣好嗎？我們家地面上食物最多的是廚房，還有是我的臥室，這兩個地方，你們定一個時間來搬運食物，我們一定不干擾你們。」

　　「有這樣好的事？什麼時間最好呢？廚房裡是深夜最安全，白天裡會被你們踩死。」

　　「那麼廚房裡你們就在夜裡來，我把貓咪也抱開，免得驚嚇你們。我的臥室嘛，從中午十二點到下午五點，媽媽都不會進來。」

　　「好，就這樣決定，但你爸爸媽媽同意嗎？他們會相信你來過我們這裡嗎？」

　　「我一定要說服他們相信，這是奇蹟，世間一定是有奇蹟的。我已經親眼看到了。」

　　族長非常感動地爬過來，把一對前腳搭在貝貝的雙手上，頻頻點頭。貝貝覺得螞蟻真是非常和藹又講道理的朋友，她滿懷欣喜地說：

　　「我現在要走了。請甲組一號仍舊陪我回去好嗎？」

　　「好！甲組一號，你護送貝貝小姐回去，貝貝小姐到

了洞口，不要忘了唸南無阿彌陀佛喲。」

「我一定記得，我以後要時常唸。因為你說聽到佛號，你們就感到安心，我要求爸爸以後再也不要用吸塵器吸你們了。」

「謝謝你，好心的貝貝小姐，你真是位和平使者。」

族長再拉拉她的手，他們分別了。

甲組一號帶貝貝出洞，貝貝一唸佛，身體馬上恢復原狀了。回頭一看甲組一號，他仍然是那麼小小的一粒，但在貝貝的眼裡，他一點也不渺小，他是她的好朋友，他以後再也不會咬她了。

　　　　×　　　　　　×　　　　　　×

貝貝拉著媽媽的手，回到臥室裡，愛驕地說：

「媽媽，你看他！」

她指著枕頭邊一顆螞蟻。

「你看螞蟻都爬到床上來了，你一定又不聽媽媽的話，在床上吃甜東西了。」媽媽說。

「噓！小聲點，不要嚇到他。他是我的朋友，他叫甲組一號。」

「貝貝呀，你又在做夢了。」

「媽媽，我不是做夢，真的不是做夢，甲組一號帶我去過他們的大家庭，我見到他們的族長，我們談了好久，

甲組一號又送我回來了。」

　　媽媽愛憐地看著女兒。想起自己平常老是講螞蟻的故事給她聽，聽得她真的著了迷，愛幻想的孩子就編起故事來了。媽媽索性順著她問：

　　「你們都談了些什麼呢？」

　　「我們做了個君子協定，媽媽你一定要同意喲，以後，我們廚房地上掉的一點餅乾屑，你就不要掃掉，螞蟻在深夜會來搬走。我的房間裡，下午十二點到五點，螞蟻會來巡邏一周，你也不要去踩他們，甲組一號，你說對嗎？」

　　枕頭邊的螞蟻一直伏在那兒，一動不動。這時扭了下身子，把觸鬚舉得高高的。媽媽一看，不覺笑出聲來說：

　　「你這小東西，還真有靈性，難道你真是甲組一號，貝貝真的去過你們家？她不是做夢嗎？」

　　螞蟻沒有回答。只斯斯文文地沿著床單爬下來，貝貝伸手過去，他就爬到貝貝的手掌心裡，貝貝說：

　　「甲組一號，你聽見我對媽媽說了吧，媽媽一定答應的。媽媽是嗎？我還會請勸爸爸不要用吸塵器吸他們，同意嗎？」

　　媽媽笑得好和藹，看著貝貝手心裡的螞蟻，和貝貝對螞蟻說話時那份認真專注的神情，點點頭說：「當然同意囉。」

　　貝貝抬著手，小心翼翼地把甲組一號送到院子的玫瑰花叢下，讓他回家。如同媽媽平日慈愛地輕輕捉起螞蟻，送到門外。

老伴 · 老拌

　　好友的兒子若川有好一陣子沒來了，熱心的妻倒老是惦記：「怎麼一直不見若川來？不知他女朋友交得怎麼樣了？」

　　「你放心，他有好消息自然會來向我們報告。大概是處得很熱絡，忙不過來了。」

　　「若是沒有眉目呢？我倒想介紹我的內姪女兒給他。但我又怕若川有點不穩定，總是見異思遷的樣子。你看他這一兩年來前前後後帶了好幾個女孩子到我們家來過，我看來都挺好的，但都交不長。也不知是他看不上女孩子，還是女孩子看不上他。」

　　「這不是見異思遷，這叫做精挑細選。」

　　「什麼精挑細選？人嘛，哪個沒缺點？總要從好處看呀。就拿你我來說吧！半新半舊的婚姻，可總是碰上了就算數，還不是這一輩子啦！」

　　「太太，你這套婚姻理論，算了吧！你不是常常咬牙切齒地怨恨男怕入錯行，女怕嫁錯郎嗎？你嫁錯了我，後

悔莫及。」

「那是你也跟我吹鬍子瞪眼呀！泥菩薩還有股子土氣呢。何況一個做妻子的，照顧丈夫，照顧兒女，忙裡忙外，沒完沒了的事，丈夫如果擺起大男人架子，誰受得了？」妻說著說著，好像就氣上心來，把一碗剛煨好的紅棗白木耳往我面前桌上一擺，大聲地命令：「快趁熱吃吧，別盡是只顧看報，涼了吃下去又喊胃不舒服了，真難伺候。」

其實我並不餓，但又不願辜負老妻好意，端起來喝了一口，紅棗香直透心脾，不免心存感激。

「夠不夠甜呀？」她問。

「差不多了，好像淡了點。」

「怎麼叫好像淡一點，話都說不清楚，不夠甜就加糖嘛，糖就在碗櫥裡，自己拿。」

「算了算了。別麻煩，上了年紀還是少吃糖好。這紅棗就是自然的甜，比什麼都好。」我心裡想說：「真謝謝你煨這麼好的白木耳給我吃。」但說出來顯得多沒意思呀？

「我本來還想加葡萄乾的，偏偏沒有了。」

「不行不行，加了葡萄乾就太複雜了，有點三不像。」

「什麼三不像？你這人就是這樣死板，一成不變，加了葡萄乾才好吃，而且葡萄乾是補血的。」

「那點點葡萄乾補什麼血？而且它的酸跟紅棗的甜對

衝了，豈不是三不像嗎？」

「好了好了，你不喜歡就不喜歡，下次我可一定要加葡萄乾。」

「你要加就加吧，反正你什麼事都不肯採納我的意見，真固執。」

「我固執，你不固執？你哪樣聽我的？」

「好了好了，太太，你總是氣這麼大。」我真想加一句：「這樣吃下去的白木耳也不會補。」但我畢竟忍住了。男人嘛，總得有點肚量。何況她這一年來身體不好，容易動肝火，時常有點無理取鬧。按理還會有第三個更年期嗎？想想我若是再跟她頂下去，一定沒完沒了。不如趕緊鳴金收兵，換個題目說：「今天是星期六，若川說過要帶女朋友來的，若是來了，我們怎麼招待？我看還是到外面館子裡去吃吧。」

「為什麼要到館子裡去吃，又貴又不好吃，味素一大堆，舌頭都吃麻了，我寧可自己做。」

「我是體諒你太累了。平常做一兩樣菜你都喊腳後跟疼。招待客人，做多了不是更累嗎？」

「那不用你管啦，你反正是君子遠庖廚，只顧吃就是了。你不是說只有客人來才有好菜吃嗎？好像我平常都虐待你。」

　　「豈敢豈敢。」我心裡想，她怎麼變成這樣左不是，右不是呀？結婚以前，不，十年前、五年前都不是這個樣兒，真個是老夫老妻是老拌也。我只好閉上嘴，拿起報紙來看，翻到副刊版，看到一篇情文並茂，風趣橫溢的文章，寫的是夫妻情，是該刊「親暱時刻」的專題徵文。我又不免興致勃勃地對老妻說：「你看這篇文章寫得真好，你不妨也寫一篇，你寫了我來替你抄。我的字比較清楚，主編好認。」

　　「算了吧！我就是寫了也不讓你看，你總愛批評一大堆，用字不妥啦，標點不正確啦，說得我興味索然。何況我若是寫也不寫夫妻情，我要寫友情、鄉情、師生情。」

　　「好好好，你寫什麼情都可以，只要是真情就好。」我仍然意猶未盡，不免接下去說：「其實寫寫我們四十年來的甘苦備嚐也很有意思。回想我們剛剛成家時，兩手空空，租不起房子，大家一時又無宿舍配給，只好暫時住在大樓底層一間浴室改造的螺螄殼似的小房間裡，水門汀地春天氾潮，我們每天得擦好幾次，你美其名為「水晶宮」，還作了一首〈雀橋仙〉歌頌一番，我最感動的幾句是：『米鹽瑣事費思量，已諳得人情幾許。』『水晶宮裡醉千杯，也勝似神仙儔侶。』」

　　她定定地看著我，半晌忽然嘆了口氣說：「那時的心

情，確實不同。如今是連『如兵』的勁兒都沒有了，還說什麼『神仙儔侶』。」

她那份失落的神情，使我暗暗吃驚。難道真的是我大而化之，不夠對她體諒？可是我又怎麼接下去說呢？正好此時，門鈴響了，來的正是若川。他看去神情有點沮喪，妻連忙問他，女朋友交得怎麼樣了，他淺笑一下說：

「吹了，張小姐、李小姐都吹了。」

「是怎麼回事呀？」我奇怪地問。

「與這兩位小姐結識交友時間雖有點先後，但在我心中覺得實在各有各的優點，難以決定，為了誠意與慎重，我給她們各寫了一封情辭懇切的信。看她們二人的反應如何再作決定。」

「結果呢？」妻迫不及待地問。

「結果呀，兩封信都被退回來了。」

「都不接受？」我也有點代他洩氣。

「是我昏了頭，把兩封信套錯了，張小姐的信寄了李小姐，李小姐的落到了張小姐手中，你看，這還會有好結果嗎？」

「你真是糊塗。」我嘆了口氣。

「什麼糊塗，這叫做各由自取。」妻生氣地說：「誰叫你走馬燈似的儘著換朋友，沒有長性。朋友相處以誠，男

女朋友都一樣，將來結了婚，更當兩心相許，相處以誠。」

　　她的一套婚姻理論又來了。我連忙插嘴道：「這次得了教訓，以後你真得定下心來，好好地選擇理想對象了。」

　　「老伯，我覺得對象沒有什麼理想不理想。情投意合自然就是理想。我現在很後悔寫那兩封信。其實我並沒有要欺騙她倆，我都是句句據實說的。那天正好姐姐回來，她和姐夫總是五日一大吵，三日一小吵，眼淚婆娑地回來向母親訴苦，害得我父母親也吵嘴。我覺得一個人打從要結婚起就煩惱。結了婚，生兒育女，到頭髮白了還為兒女煩心。當時心緒一亂，可能就把信封錯了。這樣也好，一了百了。我都情願獨身了。」

　　「你也真是，這麼點小挫折就要抱獨身了。」心直口快的妻，大不以為然。「夫妻是緣，無緣不聚；兒女是債，非債不來。這就是人生。你看我們四十年夫妻，還不也是五日一大吵，三日一小吵嗎？但是再怎麼吵，卻是打也打不散。老伴兒，你說對不對？你不是還要我寫親暱時刻嗎？」

　　說起婚姻理論來，妻就是那麼幾句空論，這會兒她卻眉飛色舞。剛才那副咬牙切齒的神情已一掃而光。我也不由得打心眼兒裡高興起來，附和著說：「可不是嗎，夫妻是緣，無緣不聚啊。你現在該相信，我們這對老拌嘴的老伴

兒，到底兒是打不散的。」

若川望著我們那麼笑顏逐開的快樂神情，也感動地說：

「我爸爸媽媽常羨慕您二老感情好，總有說不完的話。我倒真覺得所謂的親暱時刻，是屬於你們老年人的。我們年輕人體會不到那麼深。」

妻馬上接口說：「哪裡？年輕人的濃情蜜意才叫甜蜜呢！想起中學時背羅密歐與朱麗葉的臺詞：『和你相守六年就像只有六分鐘，和你分別六分鐘就像是六年。(Six years with you like six minutes; six minutes without you like six years.)』這才是真正的親暱時刻啊！像我們這種年齡，夫妻已不是愛情而是恩情，也可以說不只是情而是義了。」

若川呆呆地聽著，若有所悟地說：「伯母，我完全懂了。夫妻不但是情深似海，更是義重如山。」

「一點不錯。」妻高興地說：「你懂得這個道理，交女朋友彼此都以德性為重，其他方面就不會苛求了。」

她對小輩們滿心的關愛，和一臉的慈祥，和剛才對我一個釘子一個眼的神氣，判若兩人。我也馬上相信她的婚姻理論：彼此當以德性為重，其他方面就不必苛求了。我正在沉思默想，她回頭問我：「你在想什麼？」

「我呀，我想寫一篇文章，題目就叫『老伴・老拌』。」

「太好了，寫了寄給親暱時刻專欄。」若川拍手道。

「你不要寫，我來寫，你寫什麼都詞不達意。」她把脖子一昂，那股子「神氣活現」又回來了。

「好，你寫你寫。」當著若川，我得表示風度，不跟她拌嘴了。

十分好月

　　姑姑十指尖尖的一雙玉手，搓著雪白的糯米粉，搓出一顆滾圓的湯團，放在淡藍色磁盤正中央。就這麼一顆，跟平常不一樣，平常她總是手掌心一合，一下子就搓出七八顆來。這回，她搓好一顆大的，又摘了一粒小小米粉團，搓了三粒小湯團放在大湯團邊上，嘴裡念著：「三星伴月。」我說：「不對呀，姑姑。三星伴月是字謎，謎底是『心』字。那個月亮是鉤鉤，不是圓的呀。」姑姑笑笑說：「傻女孩，今天是中秋節，中秋的月亮當然是圓的囉。」我偏偏又說：「也不對，古文裡說『月明星稀』，月亮圓的時候，就看不見星星了。」

　　姑姑有點生氣了，說：「不跟你掉書袋了，總之今天是中秋節，什麼都會圓滿的，團團圓圓的。」

　　我恍然大悟，馬上說：「對啦，團團圓圓，姑丈今天晚上就要趕到家，跟姑姑團圓了。」

　　姑姑笑了，一把拉著我到廚房窗口說：「看看天上的雲層有沒有散開，都陰了一天了。」

雲層似在飄動，但月亮還沒露出臉兒來，在灶邊正忙著的母親回頭看看天色說：「還早呢，再過一個時辰，就雲開見月了。你看樹梢上的風不是吹起來了嗎？」

母親的天文地理，我們都十分相信。

二叔婆的孫子毛弟一直站在後門口等阿川叔從城裡回來，給他帶又香又脆的芝麻月光餅。姑姑好幾次朝後門看卻不好意思走去等，因為她不能確定姑丈是哪班小火輪回來。

阿川叔回來了，挑了滿滿一擔貨色。毛弟邊跳邊拉住竹籮，阿川叔扁擔一卸下，毛弟就把大半個身子鑽進籮裡，捧出個大文旦，又抬頭嚷著要阿川叔手中提著的月光餅。阿川叔把月光餅掛在柱子上，對毛弟說：「這回不要碰，晚上祭了月光菩薩就掰開分給你吃，文旦就乖乖的放在飯桌上，不要當皮球玩，是要插香球供月光菩薩的。」

插香球是把香點燃了，團團插在文旦上，再用竹竿插入肚臍眼，用條橛豎起，套在腳上，高高舉在空中，眼看點點星星的火花，在夜空中閃耀，原是最好玩的事，也是拜月光菩薩節目中最精采的一幕。但叫人擔心的是月亮老是躲在雲層裡不出來，更擔心的是姑丈老是遲遲沒有到。在平時，這已是最後一班小火輪了，今夜中秋，特別加一班，那麼下一班，姑丈一定會趕回的。他怎麼不早一點從

杭州動身，一定要趕在最後一刻，趕得月光已升到天頂才到呢？我好替姑姑急。姑姑和姑丈結婚才兩年，天天都是在盼待中；盼信，盼姑丈回來。姑丈要接她去任上同住，她不肯。為了要侍奉翁姑。她是個孝順兒媳，照顧翁姑無微不至。空下來看書寫字。幸而我們住得近，她常來陪母親聊家常，陪我讀書，她那滿肚子的詩詞，真叫我佩服呢。唐詩裡那首李商隱的〈嫦娥〉，就是她教我背的。她把嫦娥偷吃了她丈夫的長生靈藥，不自禁地飛到了月宮裡，變成了月裡嫦娥的故事講給我聽。詩人猜想嫦娥住在冷冷清清的月宮裡，一定很寂寞很後悔吧！聽姑姑低吟起「嫦娥應悔盜靈藥，碧海青天夜夜心」時，音調非常悽惋，她心中的寂寞也可想而知了。記得去年中秋不巧是個下雨天，沒有月光，姑姑在我的習字簿上隨便寫了兩句詩：「嫦娥恐引離人恨，不見嫦娥恨豈消？」我覺得滿有意思的，問她有沒有給姑丈寄去，她搖搖頭說：「沒有，我不要讓他覺得我恨這恨那的。倒是抄了三句古人現成的詞給他：『況屈指中秋，十分好月，不照人圓。』他心裡也就有數了。但我一點也不怨他，他公事忙離不開嘛。」姑姑真是賢慧體諒的好妻子。但願姑丈今年中秋再也不要令她失望。

　　姑姑把藍磁盤裡三星伴月再端詳一番，放在桌上，也沒心思幫著插香球，就進裡屋去了。我卻聽阿川叔悄悄地

對母親說：「聽城裡楊老爺說，姑爺打長途電話給他，說有重要公事趕不回來過節了。」

「怎麼會忙到這樣？過節都不回來。」母親對我眨眨眼，示意不要對姑姑講，但姑姑等落空了，總歸要知道的呀。

阿川叔又把聲音壓得更低說：「楊太太的底下人說，姑爺不是公事忙，說是有了個著學生裝的姑娘，常常和他同出同進呢。」

「不要亂講，姑爺是正正經經的人。」母親有點生氣，我心中大為吃驚，著學生裝的姑娘，是什麼人呢？姑丈怎麼可以擺著這麼賢淑又美麗的妻子，另外有女朋友呢？

阿川叔又說了：「太太你不知道，姑爺在外路當差使，是個新派人，他又長得那麼體面，女學生都會喜歡他的，天下有幾個坐懷不亂的真君子？」

「不要胡說八道。」母親越發生氣了。

我只是低頭不語，如果姑丈真有了女朋友，真不回來，姑姑會多麼傷心？母親和我又如何安慰得了她！她要做一個孝順兒媳，不去與丈夫相依相守，實在是太犧牲了。難道是孝道與愛情難以兩全嗎？如果姑丈真是如此見異思遷，姑姑如此的一往情深，就未免太不公平了。

天已完全黑了，雲層破開，月亮已隱約可見。姑姑換

了一件淺色的短衫出來，笑著問阿川叔加班的小火輪什麼時刻會到。阿川叔說不一定，就看下鄉客人多少。姑姑對我說：「阿鶯，陪我去船埠頭看看好嗎？」

她是要去接姑丈，我真擔心她接不到會更失望，但我又怎敢告訴她姑丈不回來的消息呢？況且楊宅他們有些話也可能是傳聞之誤吧！於是我連忙高高興興地說：「好，我們一同去。」

正打算走呢，忽聽毛弟拍手喊：「啊！月亮來囉，月亮來囉！」

姑姑馬上抱起毛弟，跑過去把廂房的另一扇窗戶打開，毛弟又喊：「這裡還有一個月亮。」

「傻瓜，就是那一個月亮呀。」我笑他。

「我要好多好多月亮才好玩嘛。」

姑姑滿臉笑容，月亮出來了，滾圓滾圓的，象徵著團圓，姑丈一定會回來的。我和姑姑手挽手走向船埠頭。這條路，姑姑為了盼信去迎郵差，每個星期三、六都要拉我走一趟。如果能從郵差手中接來姑丈的信，她心頭的快樂漲得滿滿的，信收在貼身口袋裡且不看，只顧與我有說有笑。如果撲個空呢？她就會憂鬱地哼起詩詞來。

深秋的夜，瀰漫著一片晚稻花香。我們在田埂路上走著，月亮一路送著我們，照著姑姑熱切企盼的神情。遠遠

地已聽到小火輪的汽笛聲。等我們走到埠頭時，下鄉的乘客已全部上岸，卻不見姑丈的踪影。姑姑的眼中漾著淚水，我說：「可能是渡船誤了班次，明天可能會到的。」

她默默無語，我們沒精打采地回到家，看阿川叔已把香球插好，毛弟快樂得直跳。一不小心，把掛在柱子上的香脆大月光餅，碰跌在地上，砸成好幾片，母親馬上念道：「碎碎細細，大吉大利。」又看著姑姑神情黯淡，馬上說：「拜拜月光菩薩，十五月光十六圓，到明天才真正圓呢。」

好心的母親，還在幫著姑姑盼望，姑丈明天會回到家。我在心裡想，如果姑丈真的把姑姑忘了，癡情的姑姑，往後的日子怎麼過？如果姑丈有心趕回來，明天到家該多好？母親說的，十五月光十六圓。母親什麼都往好處想的。明天是姑姑最大的盼望，也是我最大的盼望。我多麼盼望他們是一對永遠幸福的夫妻。

我聽隔屋姑姑一直輾轉不能成眠，我也沒有好睡，天剛亮，我忽然想起一個主意，就悄悄起身，到鄉村小學去打個電話到城裡楊伯伯家，問他姑丈究竟回不回來，接電話的正是楊伯伯，他告訴我姑丈終於趕回來，海船進港已是夜深，沒有小火輪可以回家，也僱不到小船，只好在他書房裡坐待天明，已經趕第一班小火輪回家了，叫我快快告訴姑姑。末了，楊伯伯還說特地給姑丈帶了一盒稻香村

的廣東月餅給我們吃。

　　我這一驚喜真要發狂，三步兩腳奔回家，剛一進門，卻又惡作劇地想暫時不告訴姑姑這個好消息，只是拉她起身，再去船埠頭看看，可能姑丈會搭第一班小火輪回來。

　　「你去吧，我不去。」姑姑沒精打采地說。

　　「我去幹什麼？我又不等人，不盼信。」

　　姑姑笑了下，胡亂梳了下頭髮，就跟我開後門出去，毛弟也老早起來，為了撿那個點過香的文旦，他已捧在手裡，燃過的香梗已經拔去，文旦皮上留下一點點的窟窿。他追上來喊，「你們到哪裡？我也要去。」

　　「把文旦扔了，就帶你去。」我說。

　　「我不要，我要剝開來吃。」他捨不得扔。

　　「吃了會變麻子，毛弟，回頭我給你一個新鮮的。」姑姑會哄，他就把麻皮文旦放在後門口，跟著我們一同去。

　　清晨的稻田、空氣格外香甜。我一顆心快樂得幾乎蹦出來，卻偏偏裝出一副迫切的神情，哄著姑姑乾著急，我說：「姑丈會不會是因為海船誤了點，昨天深夜才到，今天一早趕第一班小火輪回來。」

　　「誰知道他，他若是回來了，為什麼不在楊宅打電話到鄉村小學託人轉告我，也好叫人放心。」

　　「您也真是的，大家都回家過節了，誰在小學值班接

電話呀！姑丈又不是什麼司令官。」

　　姑姑聽得笑起來了。我又逗她：「如果姑丈回來了，您該賞我什麼？」

　　「他回來，要我賞你什麼呢？」

　　「我一趟一趟地陪您跑，起碼您得給我一個廣東月餅。」

　　「我哪來廣東月餅呀？」姑姑咯咯地笑起來。

　　「姑丈一定會帶回來的呀，是城裡稻香村的廣東月餅，有五仁的、百果的、棗泥蛋黃的，好好吃啊！」

　　「我也要吃，我要吃一個大蛋黃。」毛弟插嘴。

　　「你們真在說夢話吧。」姑姑只覺好笑，卻是急急向前走去。遠遠地，已聽見小火輪托托托地駛近了。我們快步走到岸邊，看見船已靠岸，艙門啟處，第一個跳上岸的就是高大英俊的姑丈，姑姑驚喜得呆住了。我把她向前一推說：「我沒猜錯吧！不是回來了嗎？」

　　姑丈一雙閃亮的眼神注視著姑姑，他一手提著旅行箱，一手挽著姑姑的肩膀。我拉起毛弟的手，先飛奔回家，把他們兩人遠遠拋在後面。

　　一進家門，我就大喊：「媽媽，姑丈回來了。」

　　「姑丈和姑姑在後面，走得好慢啊！」毛弟說。

　　母親正在廚房裡忙早餐，聽我們這一喊，就笑開了臉

說：「真的回來了。我說呢！過團圓節嘛，那有不回來的，你姑丈不是那種人。」

阿川叔正在捧著木盆洗臉，伸伸舌頭說：「真不知哪來的謠言。」

可是我心中仍浮著一片疑團，俗語說，無風不起浪，無針不引線，究竟有沒有那個穿學生裝的女孩呢？

姑丈打開手提箱，取出一盒廣東月餅，說是楊伯伯給他帶回給大家吃的，母親立刻說，「等晚上供了月光菩薩，你們雙雙拜過，許了心願，再大家分來吃吧！」

我笑對姑姑說：「姑姑，我向你討廣東月餅吃，不是討著了嗎？我算準姑丈會回來，會帶一盒月餅回來。」

「你怎麼會算得這樣準？」母親問。

「楊伯伯告訴我的。」我得意地說。

「楊伯伯告訴你的？」姑姑奇怪地盯著我。

「我悄悄地去打電話問他，才知道姑丈已經回來了，要趕早班小火輪回來。姑姑，對不起，害你多盼了一個小時，我是為要給你一個意外的驚喜呀。」

「你這個丫頭，也真太頑皮了。」母親笑罵道。

我討好地抱住母親說：「媽媽，你的金口說得真對，十五月光十六圓，今天不是十六嗎？今晚的月光，一定比昨晚更圓更美。姑姑，你說對嗎？」

　　姑姑啐了我一口，雙頰紅紅的，圓圓的臉蛋，比月亮還美呢。

　　「你總算趕到了，但為什麼把日子卡得這麼緊？不會早幾天動身嗎？」母親問姑丈。

　　「大嫂，您不知道，船票很難訂，我工作太忙，又不能早走，差點回不來，幸得一位單身的同事願為我照顧一切，叫我放心回來。」

　　「您去年沒有回來，今年再不回來，姑姑可真要傷心了。」我說。趁著姑姑走開的一會兒，我悄聲問他：「我問您一件事，您得老老實實告訴我喲。」

　　「我什麼事騙過你？」他有點奇怪我神秘兮兮的樣子。

　　「有沒有一個穿學生裝的女孩，時常到您辦公室來，您也常常陪她同進同出？」

　　「有呀！她是我嫡親姪女，我哥哥的女兒。她從寧波到杭州來，剛考取大學，人地生疏，我做叔叔的能不照顧嗎？你怎麼會想起問這樣的問題？姪女的事我與你姑姑提過的。」

　　姑丈的話，母親也聽得清清楚楚，我們這才知道完全是一場誤會。幸得我未當新聞與姑姑說，說給她聽，她會笑彎腰呢。姑丈忽又以凝重的神情對我說：「你年紀太輕，有許多的想像。我現在只簡單地告訴你一句話：兩個人相

知相愛，兩心相許，是一生一世的事，等你長大點就懂了。」

我連忙接口道：「姑丈，我現在已經懂了。」

姑丈拍拍我的肩說：「你懂了就不要亂猜了。」

姑姑端了一杯熱騰騰的普洱茶給姑丈,姑丈接在手裡,低聲對姑姑說：「去年中秋，我沒有能回來，感到很難過。尤其是看到你信裡引的詞句：『屈指中秋，十分好月，不照人圓。』為了工作，我們總是會少離多。」

他們在訴離情，我原當走開的，但頑皮的我，卻忍不住插嘴道：「現在這詞句要改一下了。」

「怎麼改呢？」姑丈眼睛定定地望著姑姑。

姑姑沉吟了一下，慢吞吞地說：「改為『又到中秋，十分好月，長照人圓。』只改三個字，如何？」

姑丈連聲讚好。風趣的母親說：「可不是嗎？十五月光十六圓，真是十分好月啊！」

母與女

人物：

母親——舊時代農村婦女，中年。儉樸勤勞，慈愛忍讓。

女兒——小春，十二、三歲。懂事、淘氣。

五叔婆——六十多歲，怨天尤人的碎嘴老婆婆。

外公——七十多歲的慈祥老人。

時代背景：民國十幾年。

地點：大陸江南某鄉村。

佈景：⑴農村的廚房——有灶、四方飯桌、碗櫥等，桌邊
　　　有兩張長凳、一張舊籐椅，柱子上有一口舊自鳴
　　　鐘。

　　　⑵臥室——床、床頭小櫥、小方桌、衣櫥等，牆上
　　　有小春父親照片。

第一場
時間　秋天的午後
景　廚房

母親在灶邊忙碌著，五叔婆在長凳上瞇起眼睛用耳挖子挖耳朵，一面打哈欠。

母親：阿榮伯怎麼還沒回來拿點心？太陽已經曬到門檻邊了。

小春：（看一下鐘）媽，鐘才兩點，不準的呀。

母：用不到看鐘，看太陽腳就曉得幾點了。

春：（看看太陽再看看鐘，忽然像想起什麼似地）你那隻金手錶準不準呀。

母：我也不去開它，曉得它準不準呢？

春：媽媽，您的金手錶為什麼不戴呢？

母：（笑）哪個做粗活還戴金手錶的？

五：不戴會生鏽喲！後天有廟戲，你就戴了去看戲吧。你有手錶都不戴。五叔公去了歐洲多少年，也沒給我寄個錶來，連信也沒一封。

春：媽媽，你不戴就讓我戴吧！

母：（在鍋裡取出熱騰騰的糕，放在盤子裡，再用竹籃裝了）先把糕送到田裡給阿榮伯吃，晚飯以後再給你戴金手錶。

春：我好高興啊，我有金手錶戴囉。

（蹦蹦跳跳地走出門去。）

五：看她這樣蹦跳，一定會把盤子打翻。

（砰的一聲，小春哭喪著臉，提著籃子回來了。）

春：媽媽，我不小心跌了一跤，盤子滾了出來，糕全黏上
　　土了。

五：我說的嘛，蹦蹦跳跳，準是會跌跤。

母：（一聲不響地再取出糕裝在另一個盤子裡，放進籃子）
　　再送，這回小心點囉！

（小春奇怪母親沒有責備她，很小心地提著籃子走了。）

五：她已經跌了跤你還叫她送呀？

母：她跌過跤，自然會小心了。我若是不要她再送去，她
　　往後就越發膽小，不敢做事了。

五：你的想法跟我不一樣。姑娘要管得嚴，十幾歲了，走
　　路還三腳跳，趕明兒做了媳婦，婆婆看了就不會順眼。

母：還早呢！她長大了自然會斯文的。

（外公從外面啣著旱煙筒慢慢走進來，坐在藤椅裡。）

外公：小春呢？

母：給阿榮伯送點心去了。

五：她已經跌跤，打翻了盤子，她娘還要她送。

外：你放心吧，她娘叫她送，她會好好送到的。

母：外公，我就記得小時候，有一次幫娘提水，路太滑，

　　　　跌了一個大跤，水灑了滿身，娘沒罵我，您只站在邊

　　　　上笑，也不來扶我。我一賭氣，一骨落爬起來，渾身

　　　　濕淋淋的再去提了一滿桶，一點也沒再灑出來。

外：就是嘛，你從小就是這樣好強。

五：小春就像她娘，牛脾氣。

外：鄉下姑娘嘛，小春又老是跟牛在一起玩，怎麼不變得

　　牛脾氣。

　　　　（小春一路蹦蹦跳著喊進來。）

春：外公、媽媽，郵差來了，郵差來了，我看見他老遠從

　　山腳下稻田那邊走來了。

母：（欣慰地）哦，今天是禮拜三，郵差會來。

外：明天是中秋節，小春，你爸爸一定會趕在節前寫信來

　　的。快趕上前去拿吧！

春：我不要，我要站在後門口等，等郵差先生走到我跟前，

　　把一封厚敦敦的信遞到我手裡，那才開心呢。

五：你這孩子真怪。

春：五叔婆，您不懂，多等一回兒，多一點希望，拿到信

　　就格外高興。

五：等落了空，也格外生氣。

春：五叔婆，您幹嘛老是說洩氣話？

　　　　（小春去後門口等了一回，回來時有點垂頭喪氣，手

裡沒有信，卻捧著個月餅。）郵差先生說這禮拜沒有
我們的信，下禮拜一定會有。又要等一個禮拜了（把
月餅舉起）看，是郵差先生送我的城裡月餅，是豬油
豆沙的，他說裡面還有雞蛋黃呢，好講究啊。

母：月餅先別吃，要供祖先，供過了請外公分給大家吃，
我是不吃豬油的。

五：沒有信，只要有個月餅，小春就開心了。

春：（恨恨地瞄她一眼，又看看母親，母親只顧低頭炒
菜。）五叔婆，你才不懂哩！
（把月餅放在桌上，在長凳上騎馬式地坐下來。地上
的小貓，抓著她的腳背想爬上來。）

春：走開走開，今天我心裡不高興，不想抱你。

外：（敲著旱煙筒，笑嘻嘻地）小春呀，小貓是你的寶貝，
怎麼今天都不喜歡牠啦？

春：爸爸真差勁，中秋節都不來信。

母：你就給你爸爸寫封信吧。

春：我已經寫過兩封了，他不來信，我幹嘛又要寫？

外：做女兒的，要給長輩多寫信。寫信會把文章練好。

春：給爸爸寫信要寫文言，好累啊！寫了「父親大人膝下
敬稟者」就寫不下去了。

五：寫什麼文言信，畫把趕牛的竹鞭子，催他快快犁

（來），他就懂啦！

母：（笑）叔公在德國，您畫了幾把竹鞭啦？

五：我才不去催他哩！他是做生意沒賺到錢，不肯回來，不像你小春的爹，做了官，在外面又討了小，才不回來。

母：（皺了下眉頭，轉向小春。）小春，把腳放到凳子一邊來，姑娘家不要這樣坐，不好看。

春：（生氣地霍的站起，不小心推倒了長凳，差點壓到小貓，小貓嚇得咪咪地狂叫，外公連忙俯身抱起，在懷裡撫愛著。）外公，牠沒壓壞吧！

五：看你，差點把牠壓死了，一隻貓有九條命，看你怎麼賠得起？

春：我又不是故意的，你別嚇我好不好？（從外公手裡抱過小貓，走來走去哄牠，拍牠。）

五：別走到我身邊來，你身上的跳蚤有一擔。

春：（把脖子一縮，低聲問外公）外公，一隻貓真的有九條命嗎？

外：只要你疼牠，一條命，九條命都是一樣的。

春：若是有九條命，牠死了就要投九次胎囉！

母：過節了，不要亂講話。要說貓「倒」了。貓狗「倒」了，我們唸經超度牠，牠有幾條命，就超度幾條命。（邊說邊把蒸好的棗泥糕拿出擺在盤子裡，準備祭祖用。）

春：（數著）一、二、三、四、五。

母：得說「一雙」、「兩雙」、「五子登科」。

五：十一要說「出頭」，你媽嘴裡沒有不好聽的字眼。

母：（笑）五子登科，保佑你長大了中個女狀元。

外：要考女狀元，現在就要好好讀書，不能成天在田裡摸
　　田螺囉。

五：中了女狀元，接你媽上京城享福去，跟你爸住在一起，
　　就不用天天伸長脖子盼信了。

春：（高興起來。）媽，您坐下，我給您捶捶腿，您忙了一
　　天，太累了。

　　（母親在長凳上坐下，小春蹲下來捶腿，嘴裡像放鞭
　　炮似地，快速地數著一、二、三、四、五……才捶幾
　　十下，就數到一百了。）

春：我捶兩百下，等一下要多吃一塊棗泥糕和月餅。

母：城裡的月餅好吃，多留點給你外公吃，我多給你兩塊
　　棗泥糕，吃飽了可別忘了給你爸爸寫信喲！

春：知道了。（又唸）「父親大人膝下敬稟者」。

外：（摸著鬍鬚笑）你這會兒是「母親大人膝下敬捶者」。

春：外公，您真好玩。您給我想想，都給爸爸寫些什麼呢？

外：就跟講大白話一樣，把家裡和你媽怎麼過日子，都一
　　樣樣告訴他呀。

春：對了，最後，我要加一句媽想念爸爸，「一日不見，如
　　隔三秋。」(向母親) 媽，對嗎？

母：你那些文謅謅的詞兒，我不懂。

外：(點頭微笑。)

第二場

時間　晚飯後

景　臥室桌上點著菜油燈

母親：(把雙手在臉盆裡泡一陣，用毛巾擦乾，仔細看著手
　　　背) 小春，把雞油拿來給我摸一下，我的手裂得好
　　　痛啊！

春：(拿雞油給她摸) 媽，你手上的裂縫就像一張張小嘴，
　　還沒到冬天呢，就裂得這樣多。手背的筋一條條鼓起
　　來，就像地圖上的河流。

母：老了嘛，老人的手就是這樣。

春：以前大家都誇您的手像一朵蘭花，又細又柔軟。阿榮
　　伯說您有一雙玉手，是後福無窮的。

母：什麼叫做後福無窮。莊稼人就靠勤儉，靠一雙玉手又
　　有什麼用？

春：五叔婆說您手沒從前細了，眼力也沒從前好了，繡出
　　來的花也沒從前漂亮了。

母：(不服氣地) 哪裡的話？我繡了一輩子的花，摸黑都繡

得出朵朵剛開的牡丹花來。把我的針線盒捧過來，給
你爸爸繡的拖鞋面還沒繡好呢。

（針線盒是母親的聚寶盤，一格是針線活，一格是首
飾，一格是書信。小春最開心的事，就是掏母親的聚
寶盤。）

春：媽，這是爸爸的信，今天沒收到信，就來唸舊信吧，
哦，這封好早囉！

母：那是陳年古代的一封了。不要唸啦！

春：（只顧唸起來）「夢蘭妹如握……」（咯咯地笑。）媽，
您的名字叫夢蘭，好雅致啊！是外公給您取的嗎？是
外婆夢見蘭花生您的嗎？

母：（笑眯眯）你去問外公吧！

春：（頑皮地）我早已經問過外公了，外公說：「你去問爸
爸吧！」爸爸在杭州，那麼遠，我才不敢寫信問他呢，
我猜一定是爸爸給您取的。

母：（陷入沉思）那真是陳年百古代的事了，你都還沒出世
呢！

春：是你和爸爸剛結婚的時候吧。外公常常說，爸媽剛結
婚的時候，我還在杭州關頭學狗叫呢。

母：是呀，現在這隻「頑皮狗」都十幾歲了。

春：（一面看信，又唸）「夢蘭妹如握」，媽，爸爸給您取名

叫夢蘭，一定覺得您文靜得像蘭花，而且是一朵放散
出淡淡清香的素心蘭。

母：我哪有那麼雅？一個鄉下女人！

春：您別那麼說啦，鄉下姑娘才純潔可愛呢。你看，爸爸
寫著「如握」，就是說，他的手，緊緊地捏著您的手——
您的一雙蘭花手。

母：（無限的回味，無限的悵恨，幽幽地輕嘆了一聲）如今
再也不是蘭花手了，你不是說我手背上的筋鼓起來，
一條條像地圖上的河流嗎？

春：不管怎麼樣，媽媽的手，仍舊是一雙萬能手，又會燒
好菜，又會蒸糕，又會織毛衣，又會繡朵朵新鮮的牡
丹花、喜雀梅花。

母：再是一雙萬能手，又有什麼用？

春：媽，您是說牽不回爸爸的心嗎？

母：別再說這些了，說點開心事兒吧（拿起手工來做）！

春：對了，您不是答應給我戴金手錶的嗎？（在首飾的一格
裡掏出來，就戴上了。舉起來得意地比著，又看看時
針。）停了很久了，您也不開發條。

母：停就讓它停吧。錶走不走對我都一樣，我總歸是一天
忙到晚。

春：（開手錶發條，放在耳朵邊聽）媽，這是您的嫁妝嗎？

母：這倒是你爸爸買給我的，說是什麼「柿子」牌的，有
　　名的錶。

春：柿子牌？（咯咯大笑）不是柿子牌，是瑞士的出品啦！
　　老師告訴我，瑞士的錶最有名。

母：我也不管它是柿子牌、桔子牌，只要是你爸爸給的，
　　就是世上最好的錶。

春：媽，講講你和爸結婚時候的事兒給我聽聽好嗎？

母：那又是陳年百古代的事兒了。（抬頭望牆上照片。）

春：講嘛，您就是講一百回，我也聽不厭呢。

母：（沉入回憶）那時，他穿的是黑緞馬褂，水藍湖綢長
　　衫，裡面套的舊棉袍，下擺長出半截，好土啊。

春：您記得好清楚呀。

母：他四平八穩地坐在床沿上，一雙手平平地放在膝頭上。
　　腰伸得直直的，一點也沒有小時候頑皮的樣子了。

春：你們倆是表親，是青梅竹馬的小朋友。

母：但是一訂了親，我就躲起來不見他了。是表親，仍舊
　　要避嫌疑。

春：（頑皮地）直到洞房花燭夜，您才從紅紗巾底下偷看爸
　　爸囉。

母：你外婆交代過我，並排兒坐在床沿上的時候，要記得
　　把繡花襖的下擺衣角捏緊，別讓新郎官坐住，讓他坐

住了，就要一輩子向他低頭了。

春：那麼您捏緊了沒有呢？

母；我那時心慌，哪裡記得呢？等想起來時，已經給他坐住了，又不敢使力地拉。

春：因此您才這麼聽爸爸的話，一點抱怨都沒有。

母：說實在的，就算我沒讓他坐住衣角，還能不聽他的話嗎？舊式婚姻就是這樣，嫁給誰，就得跟誰過一輩子。幸虧我和你爸爸是表親，知根知柢，知道他是個用功讀書，有出息的好兒郎。若是不認識的，就得碰運氣，認命了。

春：那時的新娘子心裡好苦吧！您不是教我唱過嗎？（唱）
「娘啊！女兒今夜和你共被單，明天和您隔山彎，左個彎，右個彎，彎得女兒心裡酸。左條嶺，右條嶺，條條嶺透天頂。」

母：（笑）你倒是唱得真好。不過你將來文明結婚，就不用唱這樣悲傷的調子了。
（她已經繡好一隻拖鞋面，又拿起另一隻來繡。）

春：（發現已經是一雙了）媽，您不是已經繡好一雙了嗎？

母：我再繡一雙女的？

春：是給我的？

母：你小孩子穿什麼拖鞋？

春：那麼給您自己的？

母：我小腳，不穿拖鞋。

春：那給誰呀！

母：給你爸爸那位如花似玉的新娘。

春：媽，您說什麼？

母：（喃喃地）讓他們穿了成雙作對去。

春：媽，您真是的。

母：你不知道，那年在杭州，我給你爸爸繡一雙拖鞋，他
自己不穿，倒給她穿了。現在倒不如一口氣繡兩雙，
她有了，你爸爸才肯穿。

春：媽，您好傻啊！五叔婆就常常笑您傻。

母：她那樣精明，五叔公幾時又對她好來著？

春：您這回寄兩雙拖鞋面去，爸爸一定會感動得不得了，
一定會馬上給您寫信，一定會寄一樣非常非常寶貝的
東西給您。

母：（淺笑一下）頂多一瓶雙妹牌生髮油，我又沒像那位新
娘那樣，梳的光溜溜的鳳凰髻、同心髻。我是鄉下人，
只會梳個尖尖翹翹的螺絲髻。用不著好的生髮油。在
杭州的時候，你爸爸就嫌我的髻難看死了。

春：媽，我來幫您梳，我也會梳鳳凰髻。

母：不用梳囉，青絲都快變白髮了，還梳什麼鳳凰髻？

春：您一點也不老，爸爸如果給您寄幾件新式的毛衣，漂亮的裙子，您穿上就馬上年輕了。

母：我一點也不盼望他寄什麼來，只要常常給你寫信，知道他平安就放心了。

春：媽，您真的什麼都不想要嗎？

母：女人的心是很奇怪的，有時要的很多，有時要的很少。只有一點就很滿足了。

春：那麼您有什麼呢？

母：我只要有這隻金手錶就夠了。何況我還有個乖女兒呢。

春：（伏母親懷中，感動地）媽，我一定一定孝順您，陪您一輩子。

母：（抬頭望照片，臉上的神情，不知是寂寞還是欣慰）小春，媽怎會讓你陪我一輩子，媽只盼望你將來有個美滿的家庭。一生一世過得幸福、快樂。不像你媽，老是守著一盞菜油燈。

春：媽，您看，燈都開花了，外公說，燈花開，就會有喜事，您不是盼望我中女狀元嗎？

（母親拔下頭上的銀針，去剔燈草心，燈一下子更亮了起來。）

（鏡頭移向菜油燈，再移到牆上母女相依的一對影子。）

琦君小品

琦　君／著

琦君的作品向以溫暖敦厚著稱，這本小品文集，內容包含了她各式各樣的創作形式：清新流暢的散文，記錄了對生活的回憶與雜感；精緻細膩的「小小說」，是作者最鍾愛的短篇作品；情韻兼備的填詞創作，充分展現了她深厚的國學涵養；讀書與寫作經驗談，則可一窺其內斂成熟的寫作技巧。就像品嘗一碟爽口的小菜，帶給您清淡恬雅的心靈享受。

國家圖書館出版品預行編目資料

文與情／琦君著.——二版一刷.——臺北市：三民，
2022
　　　面；　　公分.——（品味經典/美）

　　ISBN 978-957-14-7331-4　（平裝）

863.4　　　　　　　　　　　　　110018044

文與情

作　　者	琦　君
發 行 人	劉振強
出 版 者	三民書局股份有限公司
地　　址	臺北市復興北路 386 號 (復北門市)
	臺北市重慶南路一段 61 號 (重南門市)
電　　話	(02)25006600
網　　址	三民網路書店 https://www.sanmin.com.tw
出版日期	初版一刷 1990 年 8 月
	二版一刷 2022 年 1 月
書籍編號	S852030
I S B N	978-957-14-7331-4

三民書局